www.ingramcontent.com/pod-product-compliance
Lightning Source LLC
LaVergne TN
LVHW050814051026
849532LV00008B/2990
9789369084432

ادھورے چہرے

(افسانے)

شمیم صادقہ

Adhure Chahre *(Short Stories)*
by: Shameem Sadiqa
Edition: January '2025
Publisher :
Taemeer Publications LLC (Michigan, USA / Hyderabad, India)

ISBN 978-93-6908-443-2
9 789369 084432

کتاب	:	**ادھورے چہرے** (افسانے)
مصنف	:	**شمیم صادقہ**
صنف	:	فکشن
ناشر	:	تعمیر پبلی کیشنز (حیدرآباد، انڈیا)
سالِ اشاعت	:	۲۰۲۵ء
صفحات	:	۶۴
سرورق ڈیزائن	:	تعمیر ویب ڈیزائن

فہرست

انتساب

اپنی والدہ محترمہ کے نام

جنکی شخصیت کے ضبط و توازن نے مجھے زندگی کے پیچ و خم سے
آشنا کیا۔ اور بتایا کہ

مصالحت سے

آنکھوں میں یہ پہچان کے ڈورے نہیں اچھے
گزرے ہوئے موسم کو بھلا کیوں نہیں دیتے

اور کرب سے

اجنبی لوگ بھی ملتے ہیں شناسا کی طرح
میرے چہرے پہ ترا نام لکھا ہو جیسے

کے تقاضے کیا ہیں ---؟

یہ مجموعہ شخصیت کی تربیت کرنے والی اسی عظیم ہستی
کے نام ممنون ہے۔

بجھی ہوئی تیلی

جب کوئی گھر کا نہیں ہوتا تو بازار اسے اپنا لیتا ہے۔ بازار کے سینے میں بڑی وسعت ہوتی ہے۔ خود غرض اور بے حس انسان کی طرح بازار اپنی غرض کے تحت اسے اپنا لیتا ہے، انگیج کر لیتا ہے اور چیونگم کی طرح جب رات بھیگنے لگتی ہے۔ تھوک دیتا ہے، کہیں، کسی جگہ بھی۔۔۔

میرا بھی کوئی گھر نہیں ——— میں ڈیڑھ سو روپے ماہوار کا ایک "اشو ٹنٹنگ" ہوں ——— اگر میں طبلچی جیسی یہ پہچان رکھنے کے بجائے "ٹائپسٹ" ہوتا تو بھی کیا فرق پڑتا ہے۔ ہر ایک ملازمت شخصیت کی تخریب تعمیر کی طاقت رکھتی ہے۔ میں شام ڈوب جانے کے بعد پیدل گھر آتا ہوں۔ جو ایک خستہ حال کمرہ اور ایک چھوٹے سے برآمدے پر مشتمل ہے۔ تالا کھولتا ہوں پچیس پاور کا زرد بلب جلا کر اپنی اکلوتی قمیص کو بینٹ سے آزاد کرتا ہوں گنجی کو پسینے کی بدبو سمیت پھیلا دیتا ہوں جو بالکل بھیگی ہوئی ہوتی ہے اور جس کا رنگ میلا پڑ چکا ہے۔ تھوڑی دیر بعد بغل کے عنور ہوٹل کا رخ کرتا ہوں۔ جہاں تام چینی کی رکابی میں جلی جلی سی تین بے حد تیلی اور خشک روٹیاں اور تام چینی کے ہی ایک چھوٹے

سے اچھلے بادلوں میں مرچ سے سرخ شوربے میں تیرتی ہوئی اکلوتی بوٹی میرے سامنے رکھ دی جاتی ہے۔ جسے میں کئی کئی گلاس پانی کے ساتھ، ایک غیر شعوری سمجھوتے کے ساتھ کھا لیتا ہوں۔ تا کہ پیٹ خوب بھرا ہوا محسوس ہو۔ کبھی کبھار ایک کپ مبہم ابلی ہوئی چائے کی پی لیتا ہوں۔ پھر ٹہلتا ہوا بازار کی طرف چل دیتا ہوں جسے کچھ لوگ "اسٹیشن" کہتے ہیں۔ خصوصاً وہ لوگ جو یہاں کے قدیم باشندے ہیں۔ نئی نسل "نیو مارکیٹ" کا نام دیتی ہے۔ اور پیشہ والے صرف "مارکیٹ" —— لفظوں کا استعمال اپنے آپ میں کیا نہیں ہوتا!

میں یونہی گھومتا رہتا ہوں۔ یہاں تک کہ آہستہ آہستہ دکانوں کی روشنیاں گل ہونے لگتی ہیں۔ شٹر گرائے جانے لگتے ہیں۔ بھیڑ کم ہوتے ہوتے اکا دکا مشکوک افراد پر آ کے رک جاتی ہے میں بہت ہی سست رفتار سے آہستہ آہستہ چل کے گھر آتا ہوں —— بستر کی چار خانے والی چھ رنگی پتلی چادر کو جھاڑ کے پھر سے بچھاتا ہوں جو تھوڑی ہی دیر بعد سمٹ سمٹا کر کبھی پیٹھ کے نیچے گڑنے لگتی ہے اور کبھی پیروں کا از خود تکیہ بن جاتی ہے پھر سخت اور بے آرام تکیہ پہ سر ڈال کے سو رہتا ہوں۔ صبح سویرے سامنے کے نل پر نہاتا ہوں۔ چھوٹی سی صراحی میں پانی بھرتا ہوں۔ کمرے میں جھاڑو لگاتا ہوں —— پرانا "شمع" ڈھونڈ کر دیکھتا ہوں۔ یہاں تک کہ تھوڑا وقت اور گزر جاتا ہے۔ نو بجے غفور ہوٹل پہونچتا ہوں۔ اور پھر دفتر!!——

وہ نئے مہینے کی چھ تاریخ تھی —— میں نے دنیش سے پچیس روپے قرض لئے تھے —— میری قمیص دفتر میں ہی اپنی خستگی کا انکشاف کر چکی تھی اور میں آج نسبتاً بشاش سا ریڈی میڈ کی فٹ پاتھی دکانوں کو ٹٹولنے والی پسندیدگی اور ناپسندیدگی کی نظروں سے دیکھ رہا تھا جب ہی میری نظریں اس کی طرف اٹھ گئیں۔

وہ پینتیس اور چالیس کے قریب کی تھی اس کے ابھرتی ہوئی چہرے کی لکیروں پہ "افغان" یا "تیلانزا" جیسا اسنو لگا کر ٹیلکم پاؤڈر جیسی نہیں جاتی تھیں سعودی بے والی "جے پنجاب" جیسی لپسٹک سے اس کے سکڑے ہوئے ہونٹ سرخ تھے لال رنگ کی بندی پہ اس نے کم کم چمکا رکھا تھا۔ اس کی ساڑی بہت ہی پتلے نائلیکس کی تھی جس کی پرنٹ سے تمام رنگ چیخ چیخ کر پکار رہے تھے۔ میچنگ بلاؤز کے اندر اس نے تین چار روپے

والا سلائیوں سے بھرا تنگ 'برا' پہن رکھا تھا کیونکہ "لیقہ" کرتے اوپر بلاؤز کے اندر دو مقام سے نیچے نمایاں تھا ۔۔۔۔ میں بُری طرح چونکا تھا۔ کیوں کہ اس نے کار سے اترنے والے بہت ہی موٹے سے دھوتی والے سیٹھ جی کو آنکھ ماری تھی اور سیٹھ جی نے توند سہلاتے ہوئے، میرے قریب سے گزرتے ہوئے سرگوشیوں میں اس سے پوچھا تھا۔

"گانا بجانا جانتی ہے کیا؟" ۔۔۔

"نہیں حضور!" ۔۔۔

اور سیٹھ جی اس کی طرف حقارت آمیز نظریں ڈال کر بہت تیزی سے آگے بڑھ گئے۔ جیسے کوئی بات ہی نہ ہوئی ہو۔ میں تو اسی بازار کا آدمی ہوں اس لئے میں نے سب دیکھ لیا تھا۔ سب سن لیا تھا ۔۔۔۔ میں بہت ہی بچ کر آہستہ آہستہ اس کے تعاقب میں چل دیا! ۔۔۔۔

موڑ کے پاس قصداً وہ ایک آدمی سے ٹکرائی تھی۔ اور دبی زبان سے کچھ کہا تھا ۔۔۔۔ اس آدمی نے اس کی طرف گھور کر دیکھا اور "سوری" کہہ کر چل دیا۔ وہ پھر عقابی نظروں سے ادھر ادھر دیکھنے لگی ۔۔۔۔ پان کی دکان سے ہٹنے والے دونوں نوجوانوں کے درمیان وہ جان کر اور بظاہر بے خیالی میں چل رہی تھی اچانک اس نے کہا تھا ۔۔۔۔

"مجھے یہاں سے کافی دور جانا ہے۔ آپ پہونچا دیں گے؟"

ان دونوں نے حیرت سے اسے دیکھا۔ پھر مکاری سے مسکرائے۔

"ہم دو ہیں ۔۔۔۔ اور میرے پاس صرف دس روپے ہیں"

وہ شخص چالیس پینتالیس کا رہا ہوگا۔ چہرے سے ایسی یتیمی نمایاں تھی۔ جو ماں باپ کی زندگی میں ہی ان کی بے توجہی اور ڈانٹ پھٹکار کا عطیہ ہوتی ہے وہ تیز تیز چلتی ہوئی اس کے برابر پہونچ گئی ۔۔۔

"آپ کو شاید میں نے پہلے بھی کہیں دیکھا ہے"؟ ۔۔۔۔

وہ آدمی تھوڑی خجالت، کچھ فخر اور کچھ نروسنیس کے ساتھ مسکرایا۔

"چلئے کہیں چل کر چائے پیئیں"

"مگر!" ۔۔۔۔

"آئیے تو!"

اور میرے دیکھتے دیکھتے وہ قریب کے کیبن والے چائے خانے میں گھس گئے جی پاس کی پان کی دوکان میں پان کھانے کے بہانے آئینہ دیکھتا رہا۔ اور دودھ بھاتی سنتا رہا۔ اچانک آئینے میں ان دونوں کا عکس ابھرا اور میں دوکان کے کاؤنٹر پر پندرہ پیسے ڈال کر ذرا آگے بڑھ آیا۔ مرد نے جھنجھلاتی آواز میں کہا۔

"میں نے کہا نا ـــــ میں ایک شریف آدمی ہوں۔ میری بیوی کو لیبر پین ہے۔ وہ ہاسپٹل میں ہے" ـــــ

"لیکن ـــــ میں نے زیادہ تو نہیں ...." ـــــ اس کی آواز دم توڑتے ہوئے مریض کی طرح اٹک اٹک کر نکل رہی تھی۔

"بھاگتی ہو ـــــ یا شور کردوں" ـــــ

"سالا ـــــ بزدل" ـــــ

وہ پھر آگے بڑھ گئی ـــــ میں اس کے تعاقب میں تھا۔ وہ ایک ریڈی میڈ کی چھوٹی سی دوکان کو بند کرتے ہوئے سردار جی کے پاس آ کھڑی ہوئی۔ پتہ نہیں اس کے دستِ سوال کا انداز کیا تھا ـــــ کیونکہ میرے قریب پہونچتے پہونچتے سردار جی کہہ رہا تھا۔

"بائی جی ـــــ تمہاری جیسی میری ماں ہے" ـــــ

دوکان بند ہو رہی تھی اپنے وہاں ہونے کا جواز دیتے ہوئے کہا

"سردار جی ـــــ میرے ناپ کی سوتی شرٹ ہے؟"

"ہے تو باؤ جی ـــــ مگر کل آنا" ـــــ اور سردار جی جو شاید گھبرایا ہوا تھا یا اسے بھوک لگی تھی، یا کہ وہ ڈر رہا تھا، خلافِ توقع مجھے قمیص دکھائے بغیر تالا بند کر کے چل دیا۔

اب میں تھا اور میرے سامنے وہ تھی ـــــ اچانک میں نے کہا تھا ـــــ

"آپ میرے ساتھ آئیے"

اس نے مجھے سر سے پاؤں تک دیکھا۔ خوشی کی لہر اس کے چہرے پر جلتی ہوئی ماچس کی تیلی کی طرح ابھری اور بجھ گئی ـــــ وہ میرے ساتھ ساتھ میرے گھر تک آئی۔ میں نے تالا کھولا ـــــ کم پاور کا بلب جلایا۔ بستر کی چادر جھاڑی اور کہا بیٹھئے! میرے یہاں آنے کا مقصد غلط نہ سمجھئے۔ مجھے آپ کی بے بسی

دیکھی نہ گئی۔"

"تو ——— تو ——— کسٹمر نہیں بنیں گے ——— پھر مجھے کیوں لائے؟"

"دیکھئے ——— میرے پاس ادھار کے صرف پچیس روپے ہیں ——— اور یہ میری قمیص دیکھ رہی ہیں؟ ——— گھسی ہوئی تھی آج ہی پھٹ گئی" ———

مجھے نئی قمیص لینی ہے ——— میں آپ کو کیا دوں؟" ———

اس نے خوف زدہ اور مایوس ہو کر میری طرف دیکھا۔ پھر میرے نزدیک آ کر میری قمیص کے بٹن کھولنے لگی ——— یہاں تک کہ میری پھٹی ہوئی قمیص اس کے ہاتھوں میں تھی۔

"اسے میں سی دوں گی!" ———

"لیکن یہ تو! ———"

"میں عورت ہوں ——— میں جانتی ہوں، کون سا ٹانکہ پھٹے ہوئے کو چھپا سکتا ہے ..... "

اور میرے کچھ کہنے سے قبل وہ سوئی تاگہ کر چکی تھی۔ مجھے اس کی بے بسی اپنے "اشو میٹک" کی کھٹ کھٹ سے کہیں زیادہ کربناک محسوس ہوئی ——— ایک لمحے کو ایک خیال میرے ذہن میں ابھرا ——— جیسے ماچس کی تیلی کی رگڑ سے روشنی ابھرتی ہے ———"

"میں اسے ہمیشہ کیلئے پناہ دے دوں تو! ——— یہ محفوظ ہو جائے گی ——— غفور کے ہوٹل سے نجات ——— اور گھر ———"

لیکن تیلی تو ایک لمحہ بھی نہیں جلی، بجھی تیلی کے بعد اندھیرا اور گہرا ہوتا ہے اور اندھیرے کے بعد وہ بلب جلا کر میری پھٹی قمیص سی رہی تھی۔ جیسے برسہا برس سے ایک گھریلو عورت مردوں کی پھٹی ہوئی قمیص سیتی ہے۔

میرے ذہن نے سوچا ———

تیرا اور اس کا رشتہ کتنا گہرا ہے ——— ضرورت اور ضرورت!"

میں نے پچیس روپے نکال کر اس کے حوالے کر دئے۔ اس کی آنکھوں میں ایک لمحے کو ماچس کا شعلہ ابھرا ——— پھر بجھ گیا ——— اور بجھی ہوئی تیلی میں نے گھر کے باہر پھینک دی!!۔

دھند کی دیوار

میرے شعور نے جس گھر میں آنکھیں کھولیں وہ عجیب سا گھر تھا۔ ویسے تو اسے بہت خوبصورت بنگلہ کہا جا سکتا تھا۔ جس کے پورٹیکو میں امپورٹیڈ کار کھڑی رہا کرتی، اور ابا کی آہٹ سن کر ہی ڈرائیور پچھلا گیٹ کھول کر مہذب انداز سے سر کو جھکا دیا کرتا۔ سیڑھیوں تک پہ دبیز قالین، قیمتی پینٹنگز اور ساری دنیا کی نادر چیزوں سے آراستہ ڈرائنگ روم بیڈ روم، ڈائننگ روم، گیسٹ روم، مشینری سے چلنے والا کچن، گیس کی بہتات کپڑے دھونے، صفائی کرنے، مسالہ پیسنے تک کی مشین یہ سب کچھ تھا لیکن یہ شاید گھر نہیں تھا کیونکہ یہاں کچھ ایسا سوفوکیشن تھا کہ دم گھٹتا ہوا محسوس ہوتا۔ اسی لئے جہاں جاکے میری نگاہیں سوالیہ نشان کی طرح آویزاں ہو جاتیں وہ تھے امی اور ابا کے چہرے۔

گھر کی آسائشوں کی تہ میں عجیب سا کرب چھپا تھا جیسے کسی نے ادھیڑ عمری کو چھپانے کیلئے گہرا میک اپ کر رکھا ہو۔ امی بلکے گھیر کی شلوار اور ڈھیلا جمپر پہنتیں۔ اس کے باوجود جب وہ مارکیٹنگ کرنے جاتیں

ایک قیمتی ساری ضرور خرید لاتیں۔ اسے سارے گھر کو دکھاتی پھرتیں۔ پھر بہت احتیاط سے تہ کر کے بکس میں ڈال دیتیں۔ پھر کبھی نہیں پہنتیں۔ شلوار جمپر ہی ان کا لباس تھا۔ لیکن اس سلسلے میں بھی ان کا حافظہ یا رویہ عجیب سا تھا۔ وہ اپنی بے حد قیمتی شلوار اور قمیص کو بھی اکثر کہیں رکھ کر یوں بھول جاتیں کہ ان نئے کپڑے چوہوں کی خوراک بن جاتے۔ ایک طرف فضول خرچی کے ساتھ وہ حفاظت، تو دوسری طرف ایسی بے توجہی جیسے یہ پہنے جانے والا لباس اس دشمن کی طرح ہو جس کے سامنے سے انتقام لینا ان کے بس کا نہ ہو۔

ابا بھی کم و بیش ایسے ہی Complicated تھے خود تو بہت ہی دیندار اور با اصول تھے لیکن مجھے انھوں نے بہت آزادی دے رکھی تھی۔ تعلیم تربیت اور سخت نگہ داری کے باوجود مجھے ایسی آسائشی زندگی دی تھی جو ان کے مطابق دو طالب علمی کے لئے غلط تھا۔ دیگر بھائی بہنوں کے ساتھ بھی ان کا رویہ کم و بیش یہی تھا۔ وہ بے حد کم گو اور کم آمیز تھے۔ امی کے ساتھ بھی ان کی سرسری عام باتیں ہوتیں۔ بس وہ تھے ان کے دفتر کے کام اور ان کے پڑھنے اور عبادت کرنے کا معلوم۔ ہاں اگر کسی موضوع پہ کبھی مہینوں بعد ان کی کھل کر بات چیت ہوتی تو وہ تھا ان کا ہندوستان!۔

ہند کی سرزمین پتہ نہیں کیسی تھی؟ لیکن وہاں کی فصلوں کی ہریالی میں ان دونوں کی مقدس آنکھوں میں دیکھا کرتا۔ کسانوں کے گیت ان کے لبوں پر بغیر الفاظ کے تھرتھرایا کرتے تھے۔ آنگن میں کھجور کی چٹائی پر ایک ساتھ مل کر کھائی جانے والی بیسنی روٹی کا ذکر، شام کو مکئی کے بھونے کا سوندھا پن گنے کے دنوں کی رس یادیں۔ نئے مٹر کی قبولی۔ دالان کی گپ شپ سے ہوتے ہوئے یہ ذکر شہر کے اجالوں تک جا پہونچتا۔ وہ معیاری اسکول جہاں مختلف قوم و مذہب کے بچے بھائیوں کی طرح پڑھتے۔ ہوم ورک میں ایک دوسرے کی مدد کرتے۔ چھپ چھپ کر درختوں سے پکے جامن گراتے۔ ریزلٹ کے دن بھاگ کر چھ آنے میں سینما دیکھتے اور چپکے سے آنگن کی دہلیز پار کر کے برآمدے کی جھلنگی چارپائی پر ایک چادر لپیٹ کر سو رہتے۔ کالج کا وہ ہنگامی دور، جلوسوں میں شرکت ہونا۔ اشتعال آمیز تقریریں کرنا۔ ریلوے لائین اکھاڑنا۔ مشعل جلوس کے ساتھ میلوں پیدل چلنا۔

میں یہ سارا ذکر بڑی دلچسپی اور غور سے سنا کرتا جیسے کسی
مقدس تذکرے پر تاریکی چہار دیواریاں کھڑی کر دی گئی ہوں۔ ابا اور امی کے
چہرے فخر اور عزم سے تمتما اٹھتے۔ اداس اور سنجیدہ چہروں کے سانولے پن
میں خون کی تیز روی کی سرخی مل کر عجیب سا رنگ بھر دیتی۔ اور میں اس چوڑے
چولہے کا تصور کرنے لگتا جس کے اوپر دھان ابالنے کے مٹکے رکھے ہوں اور
کام والیاں ادھر کے کھڑ جھونک رہی ہوں۔ اس گہری سرخ آگ کی ہلکی ہلکی
لپیٹ اور فیرو چہرے کی جگمگاہٹ سے لبریز چہرے ایسے ہی ہوا کرتے ہوں گے۔

میرے والدین کے پاس یہی ایک موضوع تھا جو شاید
مشترک، قابلِ ذکر اور حال کی حدبندیوں کو توڑ کر بہت دور بہا لے جانے
والا تھا ——— دور ——— دور تک حال کی مخملی زندگی کی نرمی کا پتہ نہ
ہوتا۔ بلکہ بیتے دنوں کی ہری ہری گھاس پہ ان کا ذہن دوڑتا رہتا — ایک
ایک لمحے کا ذکر وہ اس قدر تقدس سے کرتے جیسے دلوں کیلئے سجدہ گاہ ہو
وہ سب کچھ ——— ایک ایک فرد کو انھوں نے اپنے اندر اس طرح محفوظ
کر رکھا تھا کہ میں بھی انھیں باطنی طور پر پہچاننے لگا تھا۔ افطار کی رکابی لئے
کلی دار پیوند لگے پاجامے اور کمر تک کی مغزی والی کرتی پہنے ململ کا پاٹ دار
دوپٹہ اوڑھے بستی کی بواؤں اور خالاؤں کی سرِ شام کی قطاریں۔ عید کی
گہما گہمی۔ ہر گھر کی دہلیز کے اندر عورتوں کا مل کر کپڑے چھاپنا۔ سریس
لگانے کی جلدی اور گلدستہ بٹھانے کی کھٹ پٹ۔ دوپٹے میں لچکے
اور چٹکیاں ٹانکنے کی مہم۔ عید سے پہلے باری باری سے ابا کا دوستوں سے
مل کر سویوں کے کل چلانا۔ کرتے کی بیل کی کڑھائی پسند کرنے کے لئے دوکان
دوکان گھومنا۔ خوبصورت کارڈ خرید کر دوستوں کو پوسٹ کرنا یہ ساری باتیں
ہوا کرتیں اور میں سنا کرتا۔

بچپن سے ہی یہ سب کچھ میں نے اتنی مرتبہ اور ایسے انہماک
سے سنا تھا کہ میں اب خود کو بھی اس پس منظر میں شریک محسوس کرنے لگا تھا
پھر جیسے جیسے میں بڑا ہوتا گیا میں نے محسوس کیا جیسے یہ کرتے کرتے وہ لوگ اچانک
چپ ہو جاتے ہیں۔ جیسے ڈر گئے ہوں۔ جیسے ماضی کے گلزار میں کسی نے آگ
لگا دی ہو۔ ان کے چہروں کی ہولناک خاموشی مجھے بچپن سے ہی بہت بے چین

کر دیا کرتی تھی۔ آہستہ آہستہ یہ بے چینی بڑھنے لگی تھی۔ اور دفعہ میں پوچھ بیٹھا تھا۔

"پھر ابا؟ —— ادھر کو کیوں آ گئے؟" ——

ابا میرے لہجے پہ یوں چونکے تھے جیسے انھیں کرنٹ چھو گیا ہو۔ شاید میرا لب و لہجہ میرا انداز ان سے ان کے بچپن سے ان کے ماضی سے الگ تھا۔ میرا سوال شاید گہرے نشتر کے وار کی طرح انھیں کاٹ گیا تھا۔ ویٹ ڈیئر آر گون۔ اینڈ گون فار ایور۔

That days are gone and gone for ever

وہ یکلخت خاموش ہو جاتے۔ اور پائپ بھرنے لگتے۔ امی کچھ جذباتی ہو کر آبدیدہ ہو جاتیں اور بھرائی ہوئی آواز میں رک رک کر بولتیں۔

"لوگوں نے ہمارے گھروں کو جلا دیا بیٹے۔ ہم جان بچا کر بھاگ آئے تمہارے آنے والے دنوں کے لئے۔"

"پھر امی؟" ——

"یہاں اپنا کچھ بھی نہیں تھا۔ کچھ بھی نہیں رہا۔ زندگی نے ہمیں اتنی فراوانی اور اتنی آسائش دی کہ میں گھر بھول جاؤں مگر گھر کون بھولتا ہے؟ —— آنگن میں کوؤں کے بولنے کی معنویت۔ مرغی کے ڈربے سے صبح سویرے سب سے زیادہ انڈے نکالنے کی فکر۔ اور دیر سے ابا کے آنے کے بعد نظریں بچا کر وضو کرنے کی جلدی کوئی بھول سکتا ہے؟ —— ان کی آواز دھیرے دھیرے ڈوبنے لگتی جیسے خواب میں باتیں کر رہی ہوں کہ ابا گھبرا کے ٹوک دیتے۔

"اسے چپ بھی کرنا —— کیا فضول لگا رکھی ہے۔ سو جاؤ" —— پھر مجھے کہتے۔

"چلو —— سو جاؤ —— ورنہ صبح ایکسکرشن ٹرپ مس کر دو گے۔ چلو۔ ——"

اور جیسے وہ دونوں حال کی ان مخملوں پر بے چینی سے کروٹیں بدلنے لگتے جس پہ کانٹے ہی کانٹے ہوں اس لئے مخمل کی اس تہ سے کانٹے چن دینے کا ارادہ میرے شعور میں پلتا رہا۔

زندگی نے حالات نے اور ابا کی فراخ دلی نے مجھے بے حد موڈرنائز کر دیا تھا۔ موسیقی کی دھن پر رقص، ہپی اسٹائل گفتگو، ٹی وی پر

پروگرمس دینا، ان گنت گرلس فرینڈس کو تحفے بھیجنا، ان کے ساتھ شامیں گزارنا، اور چوری چھپے کسی کے ساتھ رات کے چند گھنٹے گزار لینا عام سی بات تھی۔ بہت ہی عام —— جیسے اس طبقے کی آسائشوں کا خراج —— جیسے میرے طبقے کے میری عمر کے دیگر افراد تھے، ویسا ہی میں بھی تھا —— یوں بھی میں نے تعلیم کی اتنی سیڑھیاں طے کرلی تھیں کہ جب چاہتا بغیر گھنٹی دبائے محض آواز دے کر اچھی ملازمت کو خوش آمدید کہنے کیلئے پکار سکتا تھا۔ لیکن میں شاید اتنا اسٹریٹ فارورڈ Straight Farward اور پلین اینڈ سمپل نہیں —— یہ مجھے پتہ تھا۔ دراصل میرے اندر گرہ سی تھی۔ ابا جو اس قدر مذہبی اور ریزرو تھے۔ وہ مجھے ٹوکتے کیوں نہیں —— میں ان کے پیارے ماضی سے کس قدر دور ہو چکا ہوں۔ کیا اپنے ذہن کی وراثت کے تحفظ کا جذبہ انھوں نے مٹا ڈالا ہے ——؟ وہ سرزمین جسے وہ اتنے برس تک نہیں بھول سکے انھیں پکارتی کیوں نہیں؟ اتنے سارے عزیز جوان کے وہاں ہیں کیا وہ ان سے ملنے کیلئے بھی پاسپورٹ نہیں بنوا سکتے؟ کیا انھیں پتہ نہیں آج کل ویزا کی کتنی آسانیاں ہیں؟ ——

ایک دفعہ میں نے کہا بھی ——

"ابا! —— ایک بار انڈیا چلیں —— میں اپنا آبائی گھر دیکھنا چاہتا ہوں، مگر انھوں نے بڑی بے رخی سے جواب دیا تھا ——"

"تم پاسپورٹ بنوا لو —— مجھے نہیں جانا ہے۔"

میں حیرت سے پھٹی نظریں لئے ان کے اور امی کے چہروں کو دیکھنے لگا۔ امی دراصل سہم کے چپ ہوگئی تھیں۔ لیکن ان کے چہرے پہ ان تلخ الفاظ کا خیال سا ابھر آیا تھا۔ کئی روز عجیب سی خاموشی رہی۔ پھر میں نے دیکھا، امی بار بار ابا کو سمجھانے کی کوششیں کررہی ہیں۔ اپنے رشتہ داروں کے خطوط کے اداس لفظوں کا دے رہی ہیں۔ مگر ابا کے چہرے پر خفگی اور خاموشی نمایاں ہوگئی ہے کہ ان کا کوئی بھی لفظ ابا تک پہونچ نہیں پایا۔ بلکہ مستقل چہار دیواری کے پتھروں سے امی کے ملائم دل پہ ابابیل کی کنکریوں کی بارش سی کررہا تھا —— اور میں نے گھبرا کر پاسپورٹ کی دوڑ دھوپ شروع کردی۔ سال بھر کے اندر انڈیا ویزا بھی مل گیا۔

میں نے سمجھا تھا۔ ویزا مل جانے کے بعد ابا کے اندر کا یہ سناٹا ٹوٹ جائے

ٹوٹ جائے گا۔ وہ اپنے دوستوں اور عزیزوں کے تحفے اور یادوں کے لمحے کے بوجھ سے مجھے لدا پھندا کردیں گے نہ جانے کیا کچھ؟ ——— مگر جیسے جیسے میری روانگی قریب آتی گئی حیرت کا اندھیرا مجھ پر یلغار کرتا گیا۔ ——— ابا ویسے ہی بیٹھے رہے تھے اور با اصول۔ ذرا بھی بے ترتیبی نہیں۔ نہ اندر کی نہ باہر کی۔ جیسے میں کراچی جا رہا ہوں۔ جیسے یہ لاہور کا ایجوکیشنل ٹرپ ہو ——— بے حد عام سی بات۔ ہاں! امی بدحواس بدحواس سے ہوتی جا رہی تھیں۔ فلاں آپا کی لڑکیوں کے کپڑے فلاں کی بھابھی کے لئے چوڑیاں۔ فلاں کے بچوں کے کھلونے۔ فلاں اور فلاں۔

وہ میری روانگی کے ایک دن پہلے کی رات تھی۔ میں اپنی نئی دنیا کا خط پڑھ رہا تھا کہ اچانک میرے تحت الشعور کا چھپا ہوا چور اچانک سامنے آگیا!

"ہندوستانی لڑکیاں" ——— بچپن سے سنی ہوئی ساری باتیں، میرے ذہن پر دھندلی تصویروں کی طرح متحرک ہونے لگیں۔ اور ان دھندلکوں سے ان کی ان دیکھی شبیہ جھانک کر مجھے از حد بے چین کرنے لگی۔ سادہ لوح اور خواب ناک ——— لمبے گھنیرے بالوں میں بیلے کے گجرے لگانے والی وہ حسینائیں جن کے کانوں کی لوئیں بھی بیلے کے پھولوں سے مہکا کرتی ہیں ——— ساون کی گھٹائیں دیکھ کر دوپٹے رنگنے، ہری چوڑیاں پہننے اور مہندی سے ہتھیلی پہ نقش و نگار بنانے والی شہزادیاں کیسی ہوں گی؟ ———

میں نے کہانیوں میں پڑھا تھا، دوستوں سے سنا تھا، ان لڑکیوں کی شادیوں میں بڑی دشواریاں ہوتی ہیں۔ لڑکے بکتے ہیں لڑکیاں انتظار کے مٹ تھانے آتی جاتی بہاروں کو دیکھ کر بڑے دردناک نغمے الاپتی ہیں۔ اپنے رشتے کے بھائیوں سے انہیں ایک پیلاکٹی رومانی لگاؤ ہوتا ہے حالات کی تیز دھوپ ان کے خوابوں کے لامحالہ اسی سائبان تلے پناہ لینے پہ مجبور کر دیتی ہیں۔ بعض تو اکثر بغیر مان پہچان!) کے ہی اپنے بھائیوں کے لئے رومال اور تکیے کے غلاف بنا بنا کر تحفے بھیجتی ہیں۔ ان کے چھوٹے بھائی غزل کے روایتی قاصد ہوا کرتے ہیں۔ ———

اور میں بڑی حیرت آمیز خوشی کے ساتھ اس سرزمین کے لئے بے چین بے چین سا تھا۔ لیکن کیوں؟ ——— اس کا اعتراف میرے

اندر نہ تھا- کیوں کہ میں بہرحال اپنی شرافت اور بلندی کردار کا امین خود کو سمجھنے
پر مجبور تھا- ویسے تو میری بہت سی لڑکیاں دوست تھیں- میں جنہیں
بے تکلفی سے مخاطب کیا کرتا- ہاتھ کی لکیروں کو دیکھتے ہوئے ان کے ہاتھ دبا دیتا
چہل قدمی کرتے ہوئے کمر میں ہاتھ ڈال دیتا- اور کبھی ....
واقعی میرے لئے انجانا کیا تھا؟ —— مگر پھر بھی میں شدت سے منتظر تھا-
دوسرے دن میں سامان سمیت لاہور سے سوار ہوا- اسٹیشن
پر گاڑی بدلی- پھر بارڈر کراس کیا- اور اس کے بعد میں کھڑکی کے باہر آنکھیں
پھاڑ پھاڑ کر دیکھنے لگا- جیسے میں اس خوابناک سرزمین کا انگ انگ اپنے اندر
محفوظ کر لینا چاہتا تھا- کیا یہی ہندوستان ہے؟ —— سب کچھ تو ویسا ہی
تھا، ویسی ہی دھرتی، ویسے ہی لوگ صرف پگڑ والے سکھوں کو دیکھ کر
مجھے حیرت ہوئی- کئی ایک میرے ہی ڈبے میں سوار ہوئے —— میں
حیرت اور پوشیدہ خوف کے تحت ان سے گفتگو کرنے لگا- لیکن وہ سب کے
سب بہت ہی سادہ اور مخلص تھے- میں حیرت زدہ تھا- ابا کے خوابوں کا ملک یہی
ہے؟ —— لوگ تیزی کیا تھا کھڑکیوں سے سامان اندر پھینک
رہے تھے- میں اس طوفانی کیفیت بغور دیکھ رہا تھا- اگر یہ بدتمیزی ہے تو
جلدبازی بھی- اگر یہ سادگی ہے تو سچائی بھی —— ٹرین آگے بڑھتی رہی، فاصلہ
طے ہوتا رہا —— دھیرے دھیرے میں بھی دھوتی اور ساڑی کا، اس طرز حیات
کا عادی ہو چلا تھا- جیسے میں بھی انھیں میں سے ہوں —— اور ایک خیال
میرے اندر ابھرا —— گویا انڈیا میں اپنا لینے کی بہت بڑی قوت پوشیدہ ہے
—— اور مجھے ریحانہ کے الفاظ یاد آئے جس نے میرے جانے کا ذکر
سن کر کہا تھا ——

"انڈیا سے ٹھیک طریقے سے لوٹ آنا —— وہاں کی لڑکیاں ساحرہ
ہوتی ہیں- سنتے ہیں بغیر کچھ کہے سنے محض نظروں کے سحر کے بس میں
کر لیتی ہیں" ——

"کیا واقعی؟" —— دل کے اندر چھپے ہوئے احساس نے سر ابھارا اور
میں بظاہر باہر کے نظارے دیکھتا رہا —— ہر طرف سبزہ ہی سبزہ تھا
—— ہرے بھرے درخت، کنوئیں سے پانی بھرنے والی عورتیں ہل

چلاتے ہوئے کسان، تالاب میں بنسی ڈالے ہوئے کنارے بیٹھے ہوئے ننگ دھڑنگ کالے کالے بچے ——

"سچ"! انتظار یہاں کی مٹی میں ہے — یہاں سبھی انتظار کرتے ہیں۔ مرد، عورت، بچے، اور لڑکیاں —— اسی لئے ان کا انتظار اتنا جان لیوا ہوتا ہے۔——

کئی اسٹیشن آئے گاڑی بدل گئی اور دیکھتے دیکھتے، دوسری ہی صبح میں اپنی خالہ کے دروازے پہ تھا —— ایک عمر رسیدہ شفیق چہرے نے مجھے خوش آمدید کہا بلکہ مجھے دیکھ کر ان کی آنکھیں چھلک آئیں۔ انھوں نے بڑی شفقت کے ساتھ میرے سر پہ ہاتھ رکھا۔ پھر مجھے منہ ہاتھ دھونے کو کہا —— اور انھوں نے کسی کو پکارا ——

"شنو —— پاکستان سے آپا کا بیٹا آیا ہے غسل خانہ ٹھیک کر دو!" ——

شیشے کی چوڑیوں کی کھنک کے ساتھ مجھے مدھم سی ہنسی کی آواز سنائی دی۔ میں متجسس نظروں سے کھادی کے موٹے پردے کو دیکھنے لگا جس کے پیچھے ایک پرچھائیں کے ہلنے اور دھب دھب چلنے کی آواز تھی۔ میں نے غسل کیا —— اور میرے کنگھی کرتے کرتے پیلے رنگ کا چھپا ہوا دسترخوان بچھا دیا گیا جس کے چاروں طرف تک بندی کے اشعار پرنٹ تھے۔ رکابیاں اور پیالے بنے ہوئے تھے —— پھر شنو نے ناشتہ لگانا شروع کیا۔ میرے سامنے تلے ہوئے پراٹھے۔ گرم کیا ہوا حلوہ۔ اور تلے ہوئے کباب کے ٹکڑے۔ لیکن میری نظریں شنو کے نفیس ہاتھوں کو بغور دیکھ رہی تھیں۔ جن پر محنت کی تھکن اور آٹے کی خشکی کے باوجود ایک عجیب سی دلکشی تھی —— وہ گلابی جارجٹ کے دوپٹے سے سر ڈھکے ہوئے تھی —— اس کی بڑی بڑی غلافی آنکھیں مسلسل نیچے دیکھ رہی تھیں۔ اس کے باوجود اس کے رخسار تمتما رہے تھے اور ہونٹوں پر بڑی ہی شوخ سی مسکراہٹ تھی۔ خالہ امی نے تعارف کرایا ——

"یہ شنو ہے —— اسی سال میٹرک پاس کیا ہے، داخلہ لینے کو کہہ رہی ہے" ——

"ہیلو!" —— میں نے قصداً بے تکلفی سے کہا —— اور وہ میری طرف

دیکھ کر بُری طرح جھینپ گئی۔

"معاملہ چل سکتا ہے" ——— اس مخصوص ماحول کے پروردہ اجنبی نوجوان نے میرے اندر سے مخاطب کر کے مجھے کہا۔ جیسے میں یہاں کے مقدس جالوں میں پھسلنے سے قاصر تھا!۔

یہاں کی ایک ایک چیز کو میں نے غور سے دیکھا۔ چولہا جلا کر گھنٹوں دھوئیں بھرے کمرے میں بیٹھ کر پنکھا جھلنا ——— اور کہاں وہ گیس کی الیکٹرک جیسی والی فٹنگ۔ صبح سویرے اٹھ کر سارے گھر کی صفائی اور کہاں وہ شیشے جھاڑو۔ لکڑی کے پڑے پہ بیٹھ کر گھنٹوں عجیب سی محویت کے ساتھ باورچی خانے کے کام کرنا۔ پٹ پٹ کر کپڑے دھونا۔ بستر کی ایک ایک شکن برابر کرنا۔ اور دوپہر کے وقت گھنٹوں بیٹھ کر پوری فراخ دلی کے ساتھ دنیا بھر کی باتیں کرنا۔ پھر شام سے ہی باورچی خانے میں یوں مصروف ہو جانا کہ محسوس بھی نہ ہو سکے، کب شام ڈھلی اور کب بتیاں جل گئیں۔ رات گئے فارغ ہونا اور تھک کر سو جانے کے بجائے سلیقوں سے اپنے دل کو پھر سے چپ کرنا۔ سرہانے میں پانی رکھنا۔ اوڑھنے کی چادر دینا۔ تکیہ ذرا سا کج ہو تو ٹھیک کر دینا۔

گویا یہ ہے امی اور ... کے خوابوں کا کھویا ہوا جزیرہ۔ جس کے چاروں طرف ایسے کالے سمندر کا پھیلاؤ ہے کہ وہ یہاں تک آنے میں خوف محسوس کرتے ہیں۔ اندر سے بھی اور باہر سے بھی۔

شنّو! ——— میری دلچسپی کا مرکز اس کی تہہ دار شخصیت بھی تھی۔ اسے دیکھ کر میری دوست لڑکیاں مجھے یاد آئیں۔ میں شنو سے گفتگو بھی کرتا اور بے تکلف ہونے کی کوشش بھی لیکن دوست بنانے کے اپنے تمام گر مجھے اتنے گھٹیا لگے کہ اپنے آپ سے ہی مجھے نفرت محسوس ہوئی۔ پھر بھی میں شنو سے دوستی کرنا چاہتا تھا۔ میرے اندر عجیب سی بے کلی تھی۔

"کیا مجھے روایتی عشق ہو گیا ہے؟" ——— میں اپنے آپ سے پوچھتا۔ اور میرا ذہن چپ تھا۔ واقعی ہندوستان میں سحر ہے۔ میں نے اعتراف کیا۔ رشتہ داروں اور عزیزوں سے، دوستوں کے چچاؤں سے مگر میرا جی نہیں چاہتا کہ میں گھر سے باہر شہر دیکھنے بھی جاؤں۔ ایک گھریلو پن میرے اندر آ گیا تھا۔ گھر کے اندر

مجھے ایک عجیب سی طمانیت آمیز ٹھنڈک کا احساس ہوتا۔ پناہ گاہ کا گرم اور محفوظ تصور میں نے پہلی مرتبہ پہچانا تھا حالانکہ یہاں میرے شہر جیسا کچھ بھی نہ تھا۔ نہ کلب گھر کی رنگینیاں۔ نہ سنیما کی گہما گہمی، نہ وی، سی، آر پر اسمگل شدہ فلمیں دیکھنا۔ نہ نت نیا اسٹائل۔ نہ راہ چلتی لڑکیوں کو "ہیلو" کہہ کر چھیڑنا۔ نہ مختلف بہانوں سے تحفے دیکر براہ راست اپوائنٹمنٹ سلیپ بھیجنا۔ کچھ بھی تو ویسا نہیں۔ عجیب مدھم آہستہ رَو اور نرم سی زندگی۔ نہ منجمد نہ فاسٹ۔ پھر بھی اس زندگی میں کیسی مقناطیسیت ہے۔ میں سمجھ نہیں پاتا۔ اور دنیا کے دن ایک ایک کر کے ختم ہو رہے تھے کہ نیا سال آگیا۔ ہمارے یہاں تو امریکی ڈھنگ سے مبارکبادیاں دی جاتی ہیں مگر یہاں تو سالِ نو کی صبح بھی عام صبح جیسی تھی۔ یہاں بہت ہی ماڈرن اور ویسٹرنائزڈ ہوئے تو "ہیپی نیو ائیر" کہہ دیا اور جواب میں گھسی گھائی "سیم ٹو یو" سن لیا۔ تحفہ دینا۔ جشن منانا۔ اور کھل کھلی خوشیاں لٹانا اس طبقے میں معیوب تھا جہاں میں مہمان بنا تھا۔ عجیب بات تھی جو یہاں کا طبقہ اعلیٰ تھا۔ وہ وہاں کا درمیانہ طبقہ تھا۔ اور وہاں کا طبقۂ اعلیٰ یہاں کا درمیانہ سہما اور سمٹا ہوا طبقہ تھا۔ ہندوستان کے اس متوسط طبقہ کا جو سحر ہے اس کا توڑ کیا ہے؟ —— وہ کون سا راز ہے؟ —— ماورائی طاقت کہاں ہے؟ کس شئے میں ہے؟ میری سمجھ میں نہیں آتا۔

میں نے بھی شنو کو صبح ہی نئے سال کی مبارکباد دی مگر اس نے "سیم ٹو یو" کہنے کے بجائے زیر لب شکریہ کہا۔ اور پر اسرار سی شرمیلی سی مسکراہٹ اس کے لبوں پر رینگ گئی میں اپورچونسٹ —— [illegible] تھا میں شعوری طور پر شنو کو تحفہ دینا چاہتا تھا —— مگر کیا؟ —— یہی فیصلہ نہیں کر پا رہا تھا۔ اگر وہ میری دیگر دوستوں کی طرح ہوتی تو کاسمیٹکس سے لیکر رسٹ واچ تک کچھ بھی دے سکتا تھا۔ مگر یہاں تحفہ صرف تحفہ نہ تھا۔ سمبل تھا۔ بہت کچھ کہہ دینے کا۔ ایک واسطہ تھا، بغیر الفاظ کی وضاحت کا۔

اس کے حسن کی جذب کر لینے والی کیفیت کا احساس میں اسے دینا چاہتا تھا بہت سوچ کر میں نے ایک آئینہ خریدا —— اس کے پیچھے اپنی ایک انلارج تصویر فریم میں لگوادی اور اسے قیمتی گفٹ باکس میں پیک کروا کے اسے تھما دیا۔ یہ کہہ کر ——

"نیا سال۔۔ سال آیا کرے گا شنو۔ مگر میں کہاں۔ ہم کہاں۔ یہ تحفہ ازلی اور ابدی ہے قبول کرلو" ———

پہلے تو اس نے وحشی ہرنی کی طرح مجھے دیکھا۔ پھر میرے الفاظ نے دو دھاری نشتر کی طرح اس کے اندر گہرا وار کردیا جیسے ——— اس نے تحفہ لے لیا اور واپس اپنے کمرے میں چلی گئی ——— میں اس کا ردعمل جاننا چاہتا تھا۔ مگر وہ سمندر کی طرح شانت اور گہری تھی۔ ہر دن کی طرح اپنے معمولات میں مصروف ہوگئی۔ جیسے گہرے پانی کی سطح پر کنکری گری اور ڈوب گئی۔ میرا دل اور بھی تیزی کے ساتھ اس کی طرف کھنچنے لگا۔ اب ویزا کا صرف ایک مہینہ رہ گیا تھا ——— کہ ایک شام میں نے دیکھا ——— شنو اپنے کمرے میں اکیلی ہے خالہ امی کہیں گئی ہوئی تھیں ——— اور وہی آئینہ اس کے ہاتھوں میں تھا ——— مگر الٹا ——— مجھے محسوس ہوا جیسے قارون کی دولت مجھے مل گئی ہو۔ اس اضطراری بے چینی کے تحت میں اس کے پاس گیا ——— اور اسے بازوؤں سے تھام کر کس کر لیا ——— وہ کچھ یوں گھبرا گئی جیسے کسی نے ہر دار رخ کے جلتے ہوئے چولہے کو کسی نے مارچ کے مہینے میں ہوا دے دی ہو ——— ایسی آگ سے کون بچ سکا ہے؟ ——— یوں تو میرے لئے کچھ بھی انجانا۔ ان دیکھا اور خطرناک نہیں تھا۔ میں سمجھ رہا تھا وہ گھبرا کر رو دے گی۔ اس کی دودھیا پیشانی پر کچھ ایسے قطرے ابھر آئیں گے جنہیں خشک کرتے کرتے وہ کانپ کانپ اٹھے گی۔ خوف ——— ڈر ——— احساس گناہ اور ندامت کے بوجھ سے دبی ہوئی شنو میری تمنا کا اینٹی کلائمکس ہوگی۔ مگر یہ جو شنو میرے سامنے تھی۔ وہ شاید کوئی اور ہستی تھی۔ اس کے چہرے پر ندامت اور دکھ کی بجائے ایسا سکون اور یقین سا تھا جیسے وہ چاہت کے فلسفے کی مکمل تفسیر ہو ——— اور میں ایک اجنبی لفظ کی طرح جس کے معنی حاشیے میں لکھے جاتے ہیں۔ محسوس ہو رہا تھا۔ وہ اپنی پراسرار اور پرسکون شخصیت سے مجھے اتنی بڑی نظر آئی جیسے وہ میری دھوپ کی پرچھائیں ہو۔ اور میں بونا سا ایک وجود ——— میں خود ہی ڈر کر اور سہم کر رہ گیا ——— میں نے اس سے ہر ہوس پرست کی طرح شادی وغیرہ کا وعدہ کرنا چاہا۔ مگر اس نے مجھے ایسی نظروں سے دیکھا جیسے کہہ رہی ہو ———

"من تو شدی کا احساس انمول ہوتا ہے۔ اس کیلئے کسی جھوٹ کی میزان ضروری

نہیں ہوتی بیٹا ـــــــ

اور میں خاموش رہ گیا لیکن میرا ذہن عجیب طرح کے احساس گناہ کی جکڑبندیوں میں الجھ کر رہ گیا تھا۔ میں جانتا تھا۔ میری حرکت قطعی اضطراری اور جذبۂ اقتدار کے تحت تھی۔ جیسے وہ عشق کی انتہا کا درجہ دے رہی تھی وہ حاصل ہوس کا ایک رخ تھا ـــــــ مجھے یہاں سے واپس جانا ہے ـــ اس جلدی میں یا اس کے بعد کبھی بھی میں واپس اس دیش میں اس کی دنیا آباد کرنے نہیں آسکتا تھا۔ یہ داغِ ہوس ہے جسے وہ زندگی بھر درد کی عرفانی ٹیس جیسی امانت سمجھتی رہے گی یا ممکن ہے یہی زخم ناسور بن کر پھوٹ نکلے۔ اور کئی نسلیں تعفن اور گھٹن کے مارے بے موت مر جائیں ـــــــ میں کوئی اثباتی قدم اٹھانا چاہتا تھا۔ constructive ڈھنگ سے کچھ بھی کرنا چاہتا تھا لیکن کیسے؟۔ اور جب ہی مجھے محسوس ہوا جیسے میری طاقتیں مفلوج ہو چکی ہیں۔ ابا کی تربیت اور امی کی دولتِ احساس کے باوجود میرے اندر کچھ ایسا دھنواں سا ہے کہ میں اپنے اندر کی اور باہر کی ہر ایک شئے کو دیکھنے سے قاصر ہوں جیسے شنو سے جو بھی لگاؤ ہے اس کے مبہم معنی کے بوجھ سے میرا دم گھٹتا جا رہا ہو۔ لیکن اس گھٹن سے آزاد نہیں ہو سکتا۔ جیسے میں اس سڑی ہوئی مچھلی کی طرح ہوں جس نے شفاف تالاب کو ناپاک کر دیا ہو۔

اچانک خیالات کے اس موڑ پر پہونچ کر مجھے ایک انتہائی آسودگی کا احساس ہوا ـــــــ جیسے یہ آسودگی امی کی بے چینی اور ابا کے تجرد کا خراج ہو!۔

دوسری صبح ہی میں نے اچانک تھا لمے سے اپنا ڈیپارچر لے لیا۔ اور رکشے پہ سوار ہو گیا۔ یہ دیکھے بغیر کہ شنو کی آنکھوں سے ایسے قطرے ٹپک رہے ہیں جو کبھی سیپ تک پہونچ کر موتی نہیں بن سکتے۔

یہی میری طمانیت کی انتہا تھی!!! ـــــــ

چائے پانی

سامنے کی بیڈ پر جو مریض ہے، میں اسے پہچانتا ہوں۔
اس کے خاص لوگوں کو کبھی شاید وہ پہچان میسر نہیں ہوگی جو مجھے ہے۔
نہ اسے اٹینڈ کرنے والی اس عورت کو جو غالباً اس کی بیوی ہے اور نہ ان
وزیٹرز کو جو اس کے لئے بسکٹوں کے پیکٹ اور پھولوں کے گلدستے لاتے ہیں
لیکن میری پہچان کا کوئی نقطہ نہیں۔ میرا اس سے کوئی رشتہ نہیں اور لیبل
کے اس عہد میں احساس ہی بے لیبل حقیقت ہے۔
بھیا! ——— انو نے پکارا۔———
میں نے انو کا ہاتھ تھام لیا۔ تین سال سے میں ریٹائرڈ زندگی جی رہا ہوں۔
میرے پڑوسی انو کو، جو مجھے بھیا کہتا ہے، دل کا دورہ پڑا ہے۔ میں اسے
ہاسپٹل لے آیا ہوں۔ مگر یہ انو پہ کوئی احسان نہیں۔ مصروف زندگی اگر
یکبارگی خالی ہو جائے تو چھوٹے بہلاوے بھی سچ کے جامے پہن لیتے ہیں
ورنہ بکے ہوئے رشتوں اور لفظوں کے اس دور میں بھیا کی اہمیت کیا ہے؟
——— واقعی اگر سروس کے تین سال کے درمیان، کہیں انو میرا پڑوسی

ہوتا تو برسوں ساتھ رہنے کے باوجود، شاید میں اسے پہچانتا بھی نہیں!—
مریض کی حالت تشویشناک ہے۔
جنرل ہاسپٹل میں سیریس کیس کے ساتھ جو گہما گہمی ہوتی ہے، وہ اس کے گرد دائرہ سا بنا رہی ہے۔
اسٹینڈنٹ عورت یعنی اس کی بیوی گھبرائی گھبرائی سی اپنے ہاتھی نما جسم کو ہاف وائل کی ساری میں لپیٹے ادھر ادھر پھر رہی ہے۔ ڈاکٹری خانہ پری ہر پانچ منٹ کے بعد کی جا رہی ہے۔ اس کو دیکھنے کے لئے آنے والوں کا تانتا بندھا ہوا ہے۔ سبھی سہمے سہمے سے ایک طرف کھڑے آنکھیں پھاڑے یوں اس کے چہرے کو دیکھ رہے ہیں جیسے اچانک اخبار کی ہیڈ لائن میں کسی طوفان، کسی فساد، کسی خطرے کی خبر آ گئی ہو۔
اس عورت کی نظریں معاً الونک کے سرہانے رکھے ہوئے سلیٹی رنگ کے اسپتال والے سرکاری ریک پر ٹک گئی ہیں۔ جس کے نچلے در پر صراحی رکھی ہے۔ اور اوپری در پر اسٹیل کا شفاف گلاس ہے۔ میری نظریں ملتی ہیں شاید اسے ہمدردی کی جھلک نظر آئی۔ وہ میری طرف چلی آئی۔
"پانی چاہئے کیا؟" —— میں نے مہذب انداز سے پوچھا۔
"ہاں —— بھائی صاحب۔"
میں نے گلاس اس کی طرف بڑھا دیا۔
وہ پانی انڈیل کر پیتے ہوئے گلاس کو بغور دیکھے جا رہی تھی۔ شاید آئینہ نما اسٹیل میں مانگ کی سرخی دیکھ کر اس کی آنکھیں ڈبڈبا گئی تھیں۔
"بڑا بابو کب سے بیمار ہیں؟" —— میں نے از راہ ہمدردی پوچھا ——
"دوسرا دورہ ہے بھیا۔" ——
"پہلا کب ہوا تھا؟" ——
"چھ مہینے پہلے —— مگر انھوں نے نہ تو آرام کیا اور نہ پرہیز!" ——
"پرہیز!" —— میرے ہونٹوں پر تلخ طنزیہ سی مسکراہٹ پھیل گئی۔
"بڑا بابو لوگ پرہیز نہیں کر سکتے بہن جی!" —— میرے دل نے کہا ——
میں بھی آہستہ سے چل کر دزیٹرز کی جھنڈ میں مل کر بڑا بابو کے اخبار نما چہرے کو پڑھنے لگا —— لیکن میرے لئے متحیر کر دینے والی کوئی بات نہ تھی۔

اس نیئے میں فساد اور طوفان کے تاثر نہ پیدا کر سکا ۔۔۔۔۔ بلکہ میرے اندر ایک بہت پرانا پہچان۔ ایک غیر شعوری آسودگی تھی۔

میں دُور دراز کے سب ڈویژن میں مینیجر تھا میری سروس میں ای۔ بی وغیرہ کو لے کر کئی رخنے آگئے تھے۔ میں معاملہ کی متعلق درخواست لئے ہوئے بڑا بابو کے پاس آیا تھا۔ انھوں نے بڑی رعونت سے میری درخواست پڑھی۔ اسے ٹیبل کی دراز میں رکھا اور میری طرف فرعونی انداز سے بولے ۔۔۔۔۔

"کام ۔۔۔۔ وام تو ہوتا رہے گا شرمیان ۔۔۔۔ چلئے پہلے کچھ چائے پانی ہو جائے"

"جی ۔۔۔۔ جی نہیں۔ شکریہ ۔۔۔۔"

وہ میری طرف دیکھ کر تمسخرانہ مسکرائے اور اٹھتے ہوئے بولے۔

"آئیے بھی!" ۔۔۔۔ اور اچٹتی ہوئی ایک نظر انھوں نے ارد گرد کام کرنے والے بابو لوگوں پر ڈالی۔ شاید وہ نگاہ سگنل تھی۔ کیونکہ کئی ایک اٹھ کر ساتھ ہو لئے۔ دفتر کے باہر ایک معمولی سا ہوٹل نما چائے خانہ تھا۔ جہاں کئی طرح کی مہنگی مٹھائیاں، نمکین، سنگھاڑے اور دیگر چیزیں شیشے کے ایک شوکیس میں رکھی تھیں۔

جیسے ہی ہم وہاں پہونچے۔ ہوٹل والے نے ایک گندے سے کپڑے کو بینچ پر رگڑ دیا۔ دیگر احساسات کی طرح، صفائی اور گندگی کا احساس بھی یہاں رسمی تھا ۔۔۔۔ پھر بغیر کوئی آرڈر پلیس کئے اس نے چار بڑی بڑی مٹھائیاں ایک ایک طشتری میں ڈال کر سبھوں کو الگ الگ تھما دیں۔

مجھے ابکائی سی آئی۔ سویٹ ڈلیشیز کے معاملے میں میری پسند بڑی نفیس اور نازک تھی۔ اور بسیار خوری سے میں نفرت کرتا تھا میں نے بڑا بابو کی طرف دیکھا وہ لومڑی کی نظروں سے مجھے دیکھ رہے تھے۔ طشتری میرے ہاتھوں میں کلبلانے لگی۔ میری دو مہینے سے تنخواہ بند تھی۔ میرے پاس صرف بارہ روپے تھے۔ واپسی کرائے کے لئے۔

"جی ۔۔۔۔ یہ" ۔۔۔۔ میں نے پناہ کی متلاشی نظروں سے ہوٹل والے کو دیکھا۔

"اجی صاحب ۔۔۔۔ کیا کروں ۔۔۔۔ آج تو بڑا بابو کے لائق مٹھائی ہی نہیں"

سسرا دودھ والا نہیں آیا — ورنہ بڑا بابو تو ہمیشہ اسپیشل مٹھائی کھاتے ہیں۔"

میں آہستہ آہستہ مٹھائی کے پیس کر کے نگلنے لگا — مگر مجھ سے بہت پہلے ان لوگوں نے پلیٹیں خالی کر دی تھیں۔ ہوٹل والے نے فوراً دوسری پلیٹ سامنے کر دی تھی۔ جس میں دو۔۔ دو سنگھاڑے اور دو۔دو بنگلہ نمکیاں تھیں۔

پھر آلو — چھولے کی کوار ٹر پلیٹ۔

اور پھر اسپیشل چائے کے گلاس۔

میں دوا کی طرح انھیں اپنے اندر اتارتا رہا — آہستہ آہستہ جیسے کینسر کے مریض کیپسول نگل کر پانی کے گھونٹ بھرتے ہیں — مگر جیسے ہی میں نے گلاس رکھا بری طرح چونک اٹھا — میں وہاں تنہا تھا۔ وہ سب کے سب پاس ہی پان کی دوکان پہ پہونچ چکے تھے — میں نے شرمندگی سے دوکان والے کا پینتیس روپے کا بل دیکھا اور پھر اپنے بارہ روپے کو — اچانک میری اور دوکان دار کی مشترکہ نظریں میری گھڑی پہ ٹک گئیں — اور وہ بے حد مہذب انداز سے بولا۔

"کوئی بات نہیں حضور — سب چلتا ہے۔" — مجبوراً میں نے گھڑی اس کے حوالے کر دی — میری نظریں اس قافلے تھیں جو پان والے کے پاس میرا منتظر تھا۔

میں نے دوکان دار سے تقریباً گھگھیاتے ہوئے کہا۔

"دس روپے مجھے دیدو بھائی" —

اس نے میری دو سال پرانی "فیورلوبا" کو الٹ پلٹ کر دیکھتے ہوئے کہا۔

"گھڑی تو بہت پرانی ہے۔ خیر لے لیجئے" —

اور دس روپے کی یہ خیرات لے، میں پان کی دوکان پہ پہونچا — "چار — چار مگھئی — چھ جگہ — دو روپے چالیس پیسے" — پان والے نے مجھے بتایا۔ میں نے دس روپے کا نوٹ تھما دیا۔ اور بقیہ کے پیسے بغیر دیکھے اپنے کرتے کی جیب میں ڈال کر ان کے کچھ کہنے کا منتظر رہا —

انھوں نے اپنے پان سے بھرے ہوئے منہ کو زور زور سے چلاتے ہوئے، ٹھوڑی کو کچھ اوپر کرکے، پیک سے بھرائی ہوئی آواز میں کہا ——

"اچھا —— ایک مہینہ بعد آئیے" —— اور اپنے قافلے کے ساتھ مڑ گئے۔

اس دن میری واپسی کی کوئی ٹرین نہ تھی ایک رات رک جانے کی وجہ سے میری واپسی کا کرایہ بھی ختم ہو گیا۔ کیونکہ فرسٹریشن میں بھوک کی شدت ہوتی ہے —— کوئی سی بھوک ہو۔ اسی لئے میں نے سارے پیسے خرچ کر دئے۔

گھر میں کوئی اثاثہ بھی نہیں پھر ایک مہینے کا انتظار۔

زندگی میں پہلی مرتبہ میں بغیر ٹکٹ لئے ریل پہ سوار ہوا۔ اور رکشہ کے بجائے بچتے بچاتے پیدل چل پڑا —— میں راستے بھر سوچتا رہا۔ میری سوچیں سمت کھوئی ہوئی ہرنی کی طرح ادھر ادھر دوڑ رہی تھیں۔ نیچے —— مستقبل —— کوئی —— کوئی بھی نوکری —— مگر کلرکی نہیں —— صحت —— ہاسپٹل —— صبر، آہ، دکھ، خوشی، سقراط، زہر۔ بادل آف ٹوڈے —— ریل اچومنیٹ —— لاسیتزان فادطیری۔

واقعی ہارا انسان اپنی پناہ کیلئے کتنے بند دروازوں کی کال بیل پہ اندر اندر انگلیاں رکھتا ہوا گزرتا ہے۔ یہ مجھے اسی روز معلوم ہوا تھا۔

گھر آچکا تھا —— میری سوچیں بھی بکھر گئیں —— وہی مفلسی وہی آشفتہ حالی میری منتظر تھی۔ بچوں کے کپڑے اس حد تک پرانے ہو کر پھٹنے لگے تھے کہ میری بیوی جہاں سے بھی سلتی وہیں سے کپڑا مسک جاتا —— دراصل ہمارے اردگرد جو حصار ہے اس کے اندر زندگی سے بھی اہم مسئلہ کپڑے کا ہوتا ہے۔ نئے سلوانے کے لئے اتنا جبر کرنا پڑتا ہے کہ آدمی خود کو بونا محسوس کرنے لگتا ہے۔ اور یہ نئے کپڑے اتنے سخت اتنے پریشان کن حالات سے گزر کے اور اس طرح بنتے ہیں کہ کبھی مہینہ دن کے اندر ہی حالت پہچانی نہیں جاتی —— تنخواہ تو بند تھی ہی —— دو تین ٹیوشن کر کے کسی طرح گزارا کیا —— مگر اگلے مہینے کا بندوبست ایک ایسا سوال تھا جس کا جواب میرے پاس کچھ نہ تھا۔ جیسے جیسے مہینہ ختم ہوتا گیا میری پریشانی بڑھتی گئی —— میں بودھسٹ تو نہیں تھا۔ مگر بیوی نے وردپدی کی طرح

ہی اچانک مجھے میری پریشانیوں سے آزادی دلائی۔ چہرے پر فکر کی نمایاں تحریروں کو پڑھ کر اس نے خاموشی کے ساتھ اپنے کانوں کی بالیاں میرے حوالے کردیں اور کہا۔

"سوا بھر کی ہیں ——— انھیں بیچ کر چلے جائیے۔" ——— میں نے ان بالیوں کو دیکھا گھسی ہوئی میل خوردہ بالیاں سہاگ رات سے ہی میری بیوی کے کانوں میں جھولتی رہی تھیں۔ لمحے لمحے کی رازداں۔ سرگوشیوں کی امین ماں کا دیا ہوا اکلوتا زیور ——— میں تو کچھ بھی نہیں دے پایا تھا ——— ان بالیوں کے بغیر میری بیوی کا چہرہ کچھ ایسا ویران اور اجڑا ہوا لگ رہا تھا کہ احساس جرم کے بوجھ تلے میں نے خود کو بے حد ذلیل محسوس کیا لیکن تھوڑی ہی دیر بعد ان بالیوں سے ہوتی ہوئی میری نظریں گھر کے در و دیوار پر ٹک گئیں ——— جیسے اجڑتے ہوئے پلاسٹر کی ایک ایک اینٹ مجھے انھیں لے کر چلے جانے کو کہہ رہی ہو۔

اور میں سوا دو سو روپے لیکر پھر بڑا بابو کے دربار میں حاضر تھا۔ بارڑے کا زمانہ تھا۔ سوئٹر تو خیر تھا ہی نہیں۔ کیونکہ میری بیوی سوئٹر بننے اور طرح طرح کے پیٹرن جمع کرنے کے گر سے بہت پیچھے تھی۔ ہاں کنوارے دنوں کی یادگار، ایک پرانا کوٹ اور راستے کی ٹھنڈک سے بچنے کیلئے ایک کمبل ———

بڑا بابو نے میری طرف اجنبی نظروں سے دیکھا۔ میں نے تفصیل بتاتے ہوئے کہا ——— "آپ نے ایک ماہ بعد بلایا تھا" ———

اور آپ دن گن کے چلے آئے ——— ارے بھئی کام ایسے ہوتا ہے۔ درخواست لائے ہو، چلئے پہلے کچھ چائے پانی ہو جائے" ———

میں نے سو سو کے دو نوٹ بڑا بابو کی طرف بڑھا دئے۔ "آپ چائے پی لیجئے گا ——— میرا کام کر دیجئے" ———

وہ لہجے کی سنجیدگی سے چونکے ——— پھر سبز نوٹوں کی ہریالی ان کے لہجے میں شاداب ہو گئی ———

"ہاں ——— ہاں! بیٹھئے ——— ارے بھئی برجو ——— وہ فائل نکالو ——— ابھی ڈرافٹ بننا ہے" ——— اور پھر انھوں نے کام شروع کیا۔ بیچ بیچ

میں بھی ان کے لئے پان اور چائے لاتا رہا ——

کام ختم ہوتے ہوتے شام ہوگئی۔ انھوں نے میری طرف دیکھتے ہوئے کہا۔ "میں نے کے صاحب سے سائن کرالیا۔ مگر میرے پاس گرم کپڑا نہیں۔ صرف یہی ایک بنڈی ہے۔ گھر کیسے جاؤں گا"——

میں نے ان کا مطلب سمجھتے ہوئے کمبل ان کی طرف بڑھادیا۔ حالانکہ تصور میں گڈو اور بلو کے ساتھ بیوی کا ٹھٹھرتا ہوا جسم مجھے جھنجھوڑ رہا تھا۔ بڑا بابو نے عقاب اور بکری کی نظروں سے کمبل کو الٹ پلٹ کے دیکھا اور صاحب کے کمرے کی طرف دستخط کیلئے چل دیئے"

میرا کام ہوچکا تھا۔

یہ میری بڑا بابو سے پہلی اور مفصل ملاقات تھی۔ اس کے بعد بھی اکثر میری ان سے ملاقاتیں رہیں۔ اور ہر مرتبہ مجھے بڑا بابو کے ڈرم کیلئے کافی مقدار میں چائے۔ پانی مہیا کرنا پڑی۔ میں نے یہ بھی سنا کہ بڑا بابو چلتے چلتے اگلی مرتبہ دیہات سے گھی لانے کی بھی فرمائش کر دیتے ہیں —— میرے ایک کلیگ سے انھوں نے دو بورے باسمتی منگوائے تھے ——

لیکن وقت کے ساتھ ساتھ ساری تلخ یادیں بھی زائل ہو جاتی ہیں اور پھر کچھ لوگوں کے اندر معاف کر دینے کا جذبہ بھی بہت ہوتا ہے۔ جس کا دوسرا اکثر شیل نام بزدلی ہے۔ اکثر میں نے بڑے خلوص سے بڑا بابو کو سمجھانے کے لئے بھی سوچا تھا——

اچانک سسکیوں اور ہچکیوں کی آوازوں نے مجھے چونکا دیا۔ "بڑا بابو چل بسے" ان کے رشتہ دار، ملنے والے، بیوی بچے سب کے سب رو رہے تھے۔ میری بھی آنکھیں بھر آئیں۔ بڑھاپا یوں بھی کو میرا نزنگ ایج ہوتا ہے۔

تعزیت کے لئے آنیوالوں کا سلسلہ بڑھتا ہی گیا۔ شام تک دفتر کے سارے لوگ آگئے۔ انھیں میں سے کسی نے بڑا بابو کے بڑے لڑکے کو جو کہ بی، ایس، سی کا طالب علم تھا۔ کہا تھا۔

" بڑا بابو ان سروس تھے۔ میں تمہیں اسی محکمہ میں نوکری دلوا دوں گا۔ میرا اتنا ہولڈ کس لئے ہے؟—— یہ تو ہونا ہی ہے۔ چلو پہلے کچھ چائے پانی ہو جائے"

اور لامحالہ میری نظریں بڑا بابو کی لاش کے آر پار اتر گئیں۔

آدھا چہرہ

اس مخصوص پہچان نے اسے بُری طرح چونکا دیا۔

ٹرین کھلنے ہی کو تھی۔ مسافر ٹوٹے پڑ رہے تھے تبھی تو اس نے اس کی اٹیچی کھڑکی سے اندر ڈال دی۔ جب ہی کسی نے اسے اوپر کھینچ لیا۔ وہ حیران و خجل سی اپنی منتشر سانسوں کو یکجا نہ کر پائی تھی کہ موقعہ کی نزاکت نے اسے سنبھال لیا۔

ٹرین نے منٹوں میں رفتار پکڑ لی تھی۔

"آپ!" ———

"تم!" ———

وہ الفاظ بہت ہی عام اور بے حد خاص، بہت روایتی اور بالکل مخصوص، اس اختصار میں کتنی تفصیل پوشیدہ تھی۔ وہ اس کا تصور کر کے اندر اندر کانپ گئی۔ بہت گہرائیوں کے اندر جھناکا سا ہوا۔ اور کچھ ٹوٹ کے بکھر گیا۔

چکنا چور ہو گیا۔ کرچیوں بھرا یہ وجود، وہ نہ جانے کب سے اٹھائے ہوئے پھر رہی تھی۔ آج کیا ٹوٹا تھا جو کل نہ ٹوٹ چکا ہو۔ جڑنے اور بکھرنے کی یہ داستان کچھ کہی ہوئی تھی اور کچھ ان کہی۔

اسی نے اس کے لئے لوگوں کو ادھر ادھر سرکا کے تھوڑی سی جگہ بنادی تھی۔ وہاں وہ اپنے بڑے سے ہولڈال پہ اپنا بریف کیس رکھ کے اس کے اوپر بیٹھ گئی۔ اور وہ اس کے سامنے تقریباً ترچھا ہو کر کھڑا تھا۔ ایک ہاتھ سے اس نے برتھ کی زنجیر پکڑ رکھی تھی۔ اور پیچھے سے لوگوں کے دھکے نے اسے تقریباً جھکا ڈالا تھا۔ اس کے بریف کیس پہ اتنی جگہ تھی کہ وہ آسانی سے بیٹھ سکتا تھا۔ اس کا جی چاہا، وہ اسے ہمیشہ کی طرح پکار کے کہے۔

"یہ بیٹھئے تو ——— خواہ مخواہ پوز دئے جا رہے ہیں" مگر اس کے لب جیسے سِل گئے تھے ——— وہ تو یہ بھی نہ پوچھ سکی۔ کہ وہ پہلے کی نسبت اتنا دبلا کیسے ہو گیا ہے۔ چہرے پہ وقت کے قدموں کے نشانات صاف نظر آ رہے تھے وہ کتنا بدل گیا ہے۔ آج اس نے سفید بے داغ قمیض کی جگہ بے حد عامیانہ رنگ کے کپڑے پہن رکھے تھے۔ وہ بس اس کو دیکھے جا رہی تھی۔ وہ بھی تو اسی کو دیکھ رہا تھا۔ اس کی نظروں میں کتنے ہی سوال تھے۔ بے کل اور بے چین سے سوالات نے اس کے چہرے کے گرد دھواں سا بکھیر ڈالا تھا۔

ایک چھوٹے سے اسٹیشن پہ گاڑی یونہی رک گئی اور مسافروں کا ایک سیلاب در آیا۔ سوار ہونے والوں میں اکثریت اجڈ لوگوں کی تھی ایک شخص تو پوری قوت سے اسے دھکیل کر اپنے لئے جگہ بنانے کی کوشش میں تھا۔ اور اس کے لئے توازن قائم رکھنا دشوار ہو رہا تھا۔ شدتِ ضبط سے اس کے چہرے کی نسیں کھنچ گئی تھیں۔ اس نے بے بسی سے اپنے بریف کیس کی بچی ہوئی جگہ کو دیکھا ——— پھر اسے ——— اور بڑی مشکل سے خود کو سنبھال کر بولی ———

"آپ بیٹھ جائیے ——— یہاں کافی جگہ ہے" ———

وہ چونکا ——— اس کے ہونٹوں پہ ٹھٹھری ہوئی طنزیہ مسکراہٹ ابھری۔

"جی شکریہ ——— ایس آل رائٹ" ———

وہ اس طنزیہ مسکراہٹ پر اندر اندر کھول اٹھی۔ مرد کس خوش فہمی کا شکار ہوتا ہے وہ آج تک نہیں جان سکی —— تو "خوش فہمی" اور "وہم" کا طلسم اب تک باقی ہے —— وہ سوچ کے جھلائی —— پھر سنبھل گئی —— یہ جھلاہٹ بھی کتنی لایعنی —— کتنی فضول اور بے وجہ تھی —— اسے خود پہ ہنسی آئی —— اور جب خود پہ ہنسی آئے تو ہنسنا گریہ بے اختیار سے بھی معنی خیز ہوتا ہے۔ اچانک وہ پوچھ بیٹھا ——

"تم —— آپ —— اس طرح اکیلی سفر کر رہی ہیں؟!" ——

وہ پھر اندر سے سلگ اٹھی —— آخر حاکمانہ احساس غالب آ ہی گیا۔ اپنے ایک پرانے خیال کو تقویت دینے لگی وہ ——

اس کے اندر مینرس کی شروع ہی سے زبردست کمی ہے۔ بے تہذیب ان کلچرڈ —— اس کا جی چاہا زور سے کہہ دے ——

"کسی سے ذاتی سوال کرنا بدتمیزی ہے۔ کیا یہ حق اسے ہے کہ وہ اس کی مصروفیت کے متعلق پوچھے —— ؟" —— اچانک اس کا سارا وجود سرد پڑ گیا۔ اس نے سوچا —— بہر حال آج وہ اجنبی ہے —— چار، پانچ گھنٹوں کے اس سفر کے بعد پھر نہ جانے کہیں ملاقات ہو یا نہیں۔

—— شاید نہیں —— اس کے اندر کی آواز نے اسے اسی لمحے باخبر کیا —— زندگی ان راستوں سے کبھی نہیں گزرے گی —— ابھی جو اتفاقاً وہ تھوڑی دیر کا ہمسفر بن گیا ہے تو شاید یہ اسی کے اندر آتما کی کوئی طلب رہی ہو —— نافہم سی —— شاید وہ اس کے متعلق بہت کچھ پوچھنا چاہتی ہے ——

لمحے وزنی سِل کی طرح گر کے چکنا چور کر سکتے ہیں اور آری کی طرح چیر کے رکھ دیتے ہیں۔ یہ اسے اسی پل محسوس ہوا اور اسے لگا جیسے اس کا ذہین ہونا —— سلف سینٹرڈ ہونا —— اس کی ذہانت آمیز مسکراہٹ —— اس کی طنزیہ نظر کی معنی خیزی —— الفاظ کے دریچوں سے لاشعور کے تاریک کمروں کی تصویروں کو ٹٹولنا۔ یہ سب کچھ کتنا بے معنی ہے۔ ان گنت قیمتی لمحے اختیار سے گزر کے ماضی کے غار میں کھو چکے ہیں —— یہ پل پھر بھی اسی تاریکی کی امانت ہے۔

—— کیا وہ نہیں جانتی۔ کیا یہ محض اس کی خود فریبی نہیں —— مگر پھر اس کی مخصوص فطرت نے جھنجھلا کے اسے بتایا —— یہ خود فریبی صرف اسی کی نہیں —— بلکہ اسی کی نہیں ہے ——

شاید اس کا ذہن بھی انھیں راستوں سے گزر رہا تھا۔ اس نے سوچا آخر ایسا کیوں ہوا ہے؟ —— ہمیشہ تو اس کی سوچیں مخالف ہوا کرتی تھیں۔ کیا اس نے بھی ہار مان لی ہے؟ —— کیوں وہ اس کے بریف کیس کی بچی ہوئی جگہ پہ —— اس سے تھوڑا الگ ہو کے بیٹھ گیا ہے ——

اس نے اس کی طرف دیکھا —— وہ بھی اسی کو دیکھ رہا تھا اس کا بے چین دل بے آواز چیخ پڑا —— آخر تم جو پوچھنا چاہتے ہو، پوچھتے کیوں نہیں کہ میں تھوڑی دیر بعد اتر جاؤں گی —— اس کی قربت نے فاصلے کے احساس کو اور بھی شدید کر دیا تھا —— اسے یاد آیا۔ اکثر وہ اس کے ساتھ تانگے یا رکشے میں بیٹھتی تو قصداً جہاں اس کا کوئی شناسا نظر نظر آیا کرتا اس کے پاس سرک آتی اور اس کی سراسیمگی پہ کھل کر ہنس پڑتی —— وہ کبھی کمر کے پیچھے ہاتھ رکھ کر اسے چھیڑتا اور وہ راہ گیروں کی طرف اشارہ کر کے منہ چڑا دیتی۔

"اب آپ کی طبیعت کیسی رہتی ہے؟" اس نے سوال کیا ——

وہ دوسری مرتبہ چونکی —— یہ آج بغیر الفاظ کے، اس کے دل کی زبان کیسے سمجھنے لگا۔ یہ آگہی اسے کہاں سے ملی؟ —— اس کی بے چین آنکھوں کی کربناک تحریر سے، لمحات کی گریز پائی کے درس سے، یا کہ خود اس کی روح بھی اسی پل صراط پہ چل کے آبلہ پا ہوئی جارہی ہے۔

"ٹھیک ہوں۔ آپ کیسے ہیں؟" ——

"میں ٹھیک ہوں —— حال ہی میں ٹرانسفر ہو گیا ہے" ——

وہ بے حد محتاط جواب دے کر چپ ہو گیا —— وہ جانتی تھی وہ کتنا باتونی ہے۔ بے بات کی بات نکال کر گفتگو کو از حد دلچسپ اور مزاحیہ بنا دینے کا گر اسے آتا تھا۔ پھر کیا آج میری طرح وہ بھی خوفزدہ ہے ——

اس خوف کا سرا کیا ہے۔ فاصلے کی ابتدا کب ہوئی جیسے ہلکی سی دراڑ —— بہت بڑی خلیج بن گئی تھی —— واقعی لمحات سراب

ہوتے ہیں۔ اور الفاظ انسان کے سب سے بڑے دشمن! ——

"دیکھو میڈم —— میں خاصا صحت مند ہوں —— خوبصورت بھی ہوں —— اچھی ملازمت ہے —— ترقی بھی ہوگی —— ایسا نہ ہو تم میرے بدلے کسی اور کو پسند کرنے لگو" ——

وہ ہکا بکا سی اسے دیکھنے لگی تھی ——

"بھئی —— تم ریلیشینٹ ہو —— کسی کو دل سے خوش آمدید کہدوگی تو پھر —— میں ہوں بہت شکی؟" ——

"عجیب مصیبت ہے —— آج رش کتنی زیادہ ہے" ——

اس نے ادھر ادھر دیکھتے ہوئے کہا ——

پھر ٹرین رک گئی —— ایک موٹے سے آدمی نے اوپر کی برتھ سے اٹیچی کھینچی تو اٹیچی اس کے ہاتھوں سے چھوٹ کر اس کے پیروں پہ آگری —— اس نے تکلیف کی شدت سے اپنے پیروں کو تھام لیا۔ وہ بالکل حواس باختہ ہوگئی۔ جلدی سے اس نے بیگ سے آیوڈیکس کی شیشی ڈھونڈ نکالی۔ اس کے پیر کے انگوٹھے اور دوسری انگلی میں لگایا اور اپنے رومال کے دو ٹکڑے کر کے لپیٹ دیا۔ یہ سب کچھ اتنی جلدی اور ایسے اچانک ہوا کہ وہ خود ہی جیسے ہی گرہ لگا کے اٹھی خود سے نظریں چرا ایک طرف سمٹ گئی۔ وہ بھی خجل سا تھا اور بڑی مشکل سے صرف یہ کہہ سکا ——

"شکریہ! —— اس زحمت کی کیا ضرورت تھی؟" ——

گاڑی رکی تھی۔ وہ آہستہ سے اٹھنے لگا۔ اس نے سوالیہ نظروں سے دیکھا ——

"دیکھئے —— میں دیکھتا ہوں۔ شاید یہاں کافی مل جائے۔ ورنہ چائے والے کو بلواتا ہوں" ——

"افوہ —— اتنی چائے مت پیو میڈم —— ہارٹ اٹیک سے مر جاؤ گی تو جیتے جی میں بھی مر جاؤں گا —— ہاں" ——

"یہ جو تم کافی کی پیالی رکھتے رکھتے دیکھا کرتی ہو —— کیا سوچتی ہو —— کیا کسی کو ریسیو کرتے ہوئے خود کو ہی سونپ دیا گیا؟" ——

"پلیز —— مذاق مذاق ہوتا ہے —— نیو ر کرس ڈیمیٹ" ——

"یہ لیجئے —— اچھی چائے ملی ہے۔ میں نے خود بنوائی ہے"۔ اس نے

کھڑکی کے پاس سے پکارا ـــــــ اس نے دیکھا، چائے دیتے ہوئے اس کے ہاتھ کانپ رہے تھے۔ اور پیالی خود اس کے ہاتھ میں بھی لرز رہی تھی۔ جیسے کہیں زلزلہ آگیا ہو۔ حالانکہ وہ بالکل ساکت اور جامد تھی۔

اس نے خلاف عادت ٹھہر ٹھہر کے چائے پی۔ جیسے اس کا ایک ایک قطرہ کسی بہت ہی فلسفیانہ کتاب کے الفاظ کی طرح ہو۔ پھر بھی۔ جو وہ سمجھ سکی، اس کا اعتراف اس کے لئے سمجھ لینے سے مشکل تر تھا۔

اس نے پیالی واپس کر دی۔ ذرا سی دیر میں گاڑی پھر چل پڑی۔ سامنے والا آدمی اتر چکا تھا۔ سوفوکیشن ذرا کم ہوا تو کھڑکی سے ہوا آنے لگی۔ اچانک ایک تیز جھونکے نے اس کا آنچل اس کے منہ کی طرف کر دیا۔

"جانتا ہوں تمہیں ہلکا گلابی رنگ بہت پسند ہے۔ جچتا بھی ہے مگر کیا ضروری ہے کہ دفتر بھی اسی کو پہن کر جاؤ"ـــــــ

"آخر کہنا کیا چاہتے ہیں؟"ـــــــ

"یہی کہ جتنی دیر تم باہر رہتی ہو۔ میری جان سولی پہ ہوتی ہے"ـــــــ

"آئی۔ ایم ناٹ سوچیپ"ـــــــ وہ تقریباً چیخ پڑی۔

اس چیخ کی گونج آج بھی اس کے اندر لرز رہی تھی۔ اس کا چہرہ اب بھی اس لمحے کو یاد کر کے پسینے سے بھیگ گیا۔ اس نے اس کی طرف بغور دیکھ کر کہا۔

"آج کتنے عرصے بعد، آپ کو اس رنگ میں......"

اس نے اچانک کہتے کہتے اپنی بات کاٹ دی۔ جیسے اپنے بے ساختہ الفاظ پر شرمندہ ہو گیا ہو۔

"......آپ سے ملاقات ہوئی ہے"ـــــــ

"جی ہاں ـــــــ اتفاق کی بات ہے"ـــــــ

"آپ کی ماں تو ٹھیک ہیں نا؟"ـــــــ اس نے رسمی طور پر پوچھا۔

"جی شکریہ!"ـــــــ

"کہاں ہیں وہ ـــــــ؟" اس نے پھر پوچھا۔

اس نے خالی خالی نظروں سے چھت کی طرف اشارہ کیا اور پھر بول اٹھی۔

"وہ ختم ہو گئیں ـــــــ اور آپ نے مجھے اطلاع......"

مگر پھر الفاظ گھٹ کے رہ گئے اور وہ خلاء کو دیکھنے لگی ـــــــ

"بھئی —— وقت یا تو دفتر کیلئے ہے یا ماں کے لئے —— آخر ان کے کون سے کام ہیں؟ - تمہیں میرے قریب نہ رہنے کا عذر چاہیئے ——"

"ماں کی خدمت صرف ذمہ داری تو نہیں - فرض بھی ہے" ——

"فرض —— فرض —— فرض ——" وہ پھر پسینہ خشک کر رہی تھی

بہت سارے نئے مسافر اردگرد آ بیٹھے تھے ——

ایک نوعمر لڑکا ایک فلمی رسالہ دیکھ رہا تھا —— جس کی پشت پر کسی ایکٹریس کی عریاں تصویر چھپی تھی - دفعتاً اس نے لڑکے سے پوچھا ——

"کس کلاس میں پڑھتے ہو مسٹر؟" ——

"میٹرک کا امتحان دیا ہے" -

"اور یہ بازاری رسالے پڑھنے لگے - ہم آپ سے بڑے ہیں - بڑوں کا لحاظ تو کرنا چاہیئے" ——

وہ یکبارگی چونک اٹھی —— یہ الفاظ کس کے تھے —— کب کے - اپنے یا مانگے کے -

"کہو تو آج تمہارے بھائی کو یہیں سلادوں!" ——

"آپ ہوش میں تو ہیں؟" ——

"ارے میڈم - تھوڑی بھی ٹریننگ —— تم تو بگڑ گئیں —— ارے بھئی مذاق ہے" ——

"یہ مذاق ہے" —— وہ چیخ اٹھی —— اس کا بھائی بظاہر اخبار پڑھتا رہا —— اور وہ خود اپنی بلندیوں سے اس طرح گری کہ پاش پاش ہو گئی - ان کرچیوں کو چننا اس کے بس کا نہ تھا —— وہ کتنی لہولہان، کتنی آبلہ پا ہو چکی تھی ——

کتنا مضحکہ خیز سوال تھا —— کلچر اہم ہے یا دولت بغیر دولت کے کلچر سے وہ اپنی پہچان رکھتی تھی —— مگر بغیر کلچر کی دولت نے اس سے اس کی پہچان چھین لی تھی —— پھر بھی وہ ان پُرخار راستوں سے اپنی بازیافت نہیں کر سکتی تھی - شدت کرب اور ضبط کی انتہا سے اس کا چہرہ تمتما اٹھا ——

یہ خلش —— یہ بے بسی اور یہ خوف —— وہ اندر سے لرزہ براندام

ہوگئی ——— ٹرین پھر تیز رفتار ہوگئی تھی ——— اس کی منزل قریب آتی جارہی تھی۔ لمحۂ گزراں نے اسے پھر خوف زدہ کردیا۔ شاید وہ ان لمحوں سے کچھ حاصل کرنا چاہتی تھی ——— فرار ——— خودفریبی ——— سکون ——— نہ جانے کیا؟ ———

"آپ کی فیملی؟ ——— وہ آخر دار پر چڑھ گئی ———

وہ ہنس پڑا ———

"میں جانتا تھا ——— تم یہ ضرور پوچھوگی ——— مگر شاید تم کو یہ سن کر دکھ ہو کہ میں ایک فیملی رکھتا ہوں!" ———

حسبِ مزاج آج بھی اس کے طنز کا وار گہرا تھا ———

"بچے؟"

"صرف ایک" ———

اگر وہ واقعی دار پر ہوتی اور اس سے آخری خواہش پوچھی جاتی تو شاید وہ ان لمحوں کو واپس مانگ لیتی ——— کچھ ایسی ہی شرمندگی اور افسردگی محسوس کررہی تھی وہ ——— حالانکہ اس کی ازدواجی زندگی کی خوشیوں سے اسے کوئی واسطہ نہ تھا ——— پھر بھی وہ چاہتی تھی کہ کوئی غیرمرئی طاقت اس کے الفاظ کی صدا چھین لے۔ ایسا ہی کچھ محسوس کیا تھا اس نے ——— اور وہ بدستور مسکراتی رہی۔

"بھئی ——— تم چھٹیوں میں گھر جانے کا پروگرام مت بنایا کرو ———"

"کیوں آخر؟" ———

"اس لئے نہیں کہ میں تمہارے بغیر نہیں رہ سکتا۔ بلکہ اس لئے کہ جتنے دن نہیں ہوتی ہو میرا ذہن شکوک کے جہنم میں جلتا رہتا ہے۔" ———

"ٹھیک ہے ——— ..... آئندہ آپ میرے بغیر ہی رہیں گے" ———

"کتنی لیٹ تھی ٹرین ——— ڈارلنگ تمہارے بغیر جینا محال تھا۔"

گاڑی کے رکتے ہی اس کے شوہر نے کھڑکی کے پاس آکر کہا ——— اور وہ چونکہ بہت ہی کلچرڈ تھی ——— اس بے حد بازاری اور سطحی اظہار محبت کے سائبان میں چھپ کر اسے دیکھنے لگی کہ شاید وہ پچھتاوے کی

دھوپ میں جل رہا ہو۔ مگر اس کے ہونٹوں پہ بڑی منجمد سی، تلخ سی، ہتی تہی سی ایک مسکراہٹ تھی۔

اس کا شوہر اسٹیشن پر سامان رکھوا رہا تھا اور وہ ایک چوڑی والے کے سامنے رک کر چوڑیاں پیک کرواتے ہوئے اسی کو دیکھ رہی تھی۔ وہ بھی بظاہر چوڑیاں خرید رہا تھا مگر اسی کی طرف نظریں تھیں —— سرخ رنگ کی چوڑیاں نیلے کاغذ میں لپٹی جا رہی تھیں — اس کا جی چاہا، وہ اس کے ہاتھوں سے چوڑیاں لے لے، کہ یہ تو اس کا حق تھا —— صرف، اس کا ——

وہ کھنچتی چلی گئی ——

اس نے اس کی ڈبڈبائی آنکھوں کو دیکھا اور پیکٹ اس کی طرف بڑھا دیا —— معاً اس کے سنجیدہ مزاج، کاروباری، پکی عمر کے شوہر کی نظر اس کے پیکٹ پر پڑی اس نے جیب سے ایک دس کا نوٹ چوڑی والے کی طرف بڑھا دیا.. اور وہ خاموشی سے اس کے پیچھے پیچھے چل پڑی!!!

ایک شام

آج کی شام میرے لئے ایک مسئلہ تھی۔ اکثر شامیں میرے لئے مسئلہ ہوا کرتی ہیں —— حالانکہ زائل ہوتی سرخیوں اور مدھم ہواؤں کا سنگیت مجھے بے خود نہیں کرتا، بلکہ اکثر میری ضرورت ہی تلوار کی دھار بن جاتی ہے۔

اچانک میرا ذہن فلیٹ نمبر دس کی طرف مڑ گیا اور اس فلیٹ میں رہنے والی کی شبیہہ ابھرنے لگی۔ پرکشش جسم اور تیکھے نقوش والی وہ عورت، پتہ نہیں کون ہے۔ اتنی ڈسپلنڈ اور ود سٹینڈرڈ وے میں زندگی گزارنے کے پیچھے کون سے راز پوشیدہ ہیں حالانکہ مجھے شخصیتوں کے اندر جھانک کر دیکھنے سے کوئی دلچسپی نہیں پھر بھی شام کے اس اکیلے پن نے اس کے سراپے کو میرے ذہن پہ مسلط کر دیا ہے۔

میں نے لاشعور سے پوچھا۔

"کیا آج کی شام میں اس کے ساتھ گزارنا چاہتا ہوں، جسے جانتا بھی نہیں"۔

لاشعور چپ ہے، تعارف۔ دوستی، ذہن اور نظریاتی ہم آہنگی، طلب، اور شکست یہ سارے مراحل ایک شام میں کیسے طے ہو سکتے ہیں؟.... حالانکہ میں کمرشیل آدمی ہوں ——— میں نے شروع ہی سے پیسوں کے عوض خریدنا سیکھا ہے ——— ہمیشہ ہی، ابھی کچھ ——— خریدنے کی عادت اب میری فطرت میں داخل ہے ——— بیوی ہو نہ ہو ——— کام ہو تو بھی، نہ ہو تب بھی، ——— مجھے اکثر چینج کی ضرورت ہوتی ہے ——— اور اس چینج میں میں ایسا سمجھا ہوا آدمی ہوں کہ مجھے کوئی پریشانی نہیں ہوتی ——— نہ میں شاعروں کی طرح شاعرانہ انداز سے محسوس کرنا چاہتا ہوں نہ نوجوانوں کی طرح جھجھک کے اور ڈر ڈر کے قدم اٹھانا پسند کرتا ہوں۔ نہ سنیما اور کافی ہاؤس میں جا کر پیسے برباد کرتا ہوں، میں جانتا ہوں، آج ہی کی نہیں، ہر زمانے کی لڑکیاں بزنس مائنڈیڈ ہوتی ہیں اگر میرا مستقبل سیکور نہ ہوتا تو کیا میری بیوی کا باپ تیس ہزار روپے دے کر مجھے خریدتا۔ اگر مجھ سے قیمتی تحفے کی امید نہ ہوتی تو کیا بہنیں مجھے رجسٹرڈ راکھیاں بھیجتیں۔ ماں! ——— انھوں نے چٹانوں سے گھری ہوئی ریت زدہ زمین پر ایک پودا لگایا تھا اور خود چل بسیں ——— لیکن میرا خیال ہے، اگر وہ ہوتیں تو شاید وہ بھی پودے کے گھٹتے سائے کا اعتراف کر ہی لیتیں ——— میں ایک سچ ہوں ——— آجکل کا بہت بڑا سچ ——— میرے اندر "غلط" جیسی کوئی چیز نہیں ——— کوئی سافٹ کارنر نہیں ——— کوئی دھوکہ بازی نہیں ——— میں عام سی گھریلو لڑکیوں کو رومانی خطوط لکھ کر کسی طرح کی خواب فروشی نہیں کرتا ——— میں انھیں ان دیکھے جزیروں کی سیر کراتا۔ میں ایسی تمام عورتوں سے نفرت کرتا ہوں جو سیتا کے لبادے میں روپ نکھار کو چھپائے پھرتی ہیں۔

میرے دفتر کی بائیس لڑکیوں میں ایک بھی ایسی نہیں ——— یہ سب کی سب حقیقتوں کی ٹھوس زمین پہ قدم جمائے جدوجہد میں مصروف ہیں۔ ان کے مقاصد الگ الگ ہیں ——— کسی نے [illegible]

ہائی ایمبیشن لائنز کی طرف قدم بڑھایا ہے ——— کسی کو ملیے چوڑے خاندان کی کفالت کرتے ہوئے اسٹینڈرڈ مین ٹین کرنی ہے تو کسی کو اس حد تک بیلنس کر لینی ہے کہ اچھی سی ازدواجی زندگی خرید سکیں ———

میں نے ان میں سے کسی کے ساتھ فلرٹ نہیں کیا ہے مجھے فلرٹیشن سے نفرت ہے ——— میرے اندر کوئی ایسا کھوکھلا پن نہیں جو باہر سے نظر نہ آتا ہو۔ میرے دفتر کی شیشے کی دیوار کی طرح سب کچھ پاردرشک ہے۔ اگر مجھے ان میں سے کسی کو "ضرورت" کے تحت انگیج کرنا ہوتا ہے تو میں اپنے "یون" اور "کے ساتھ سنیپ بھیج دیتا ہوں ——— اگر وہ فری ہوتی ہیں تو میرے لئے دفتر کے باہر ویٹ کرتی ہیں، یا پھر آ کے کہہ جاتی ہیں۔

"ساری سر ——— آج میری پرسنل انگیجمنٹ ہے" ———

میں ان سے ناراض نہیں ہوتا ہوں۔ ان کے دفتری کاغذات میں انتقامی غلطیاں ڈھونڈ کر ایکسپلانیشن نہیں کال کرتا ——— میرے اندر خود سے، ضرورت سے اور زندگی سے سمجھوتے کی ایک زنجیر چھپی ہے اس لئے میں کبھی کسی پل ٹوٹتا بکھرتا نہیں، ڈس بیلنس نہیں ہوتا بہت زیادہ پی کر اودھم نہیں مچاتا، بیوی اور بچوں پر عتاب بن کر نازل نہیں ہوتا۔ میری گھریلو زندگی پرسکون اور نرم رو دریا کی طرح اپنی رفتار سے گزرا کرتی ہے ——— بچوں کی اپنی مصروفیتیں، اپنی دلچسپیاں اپنی سرکل ہے ——— بیوی کی الگ سوسائٹی ہے۔ وہ اپنے دائرے میں اس طرح گھری ہوئی ہے کہ اگر وہ کسی ہوٹل میں مجھے کسی کے ساتھ بیٹھے ہوئے یا کاؤنٹر پہ بکنگ کرتے ہوئے دیکھتی ہے تو بھی کچھ نہیں کہتی ہے۔ نہ میں پوچھتا ہوں، وہ کس کے ساتھ تھی، کیوں تھی؟ میں جانتا ہوں: وہ بہر حال تھکی ماندی گھر آ جائے گی، جیسے وہ جانتی ہے مجھے بہر حال رات کے آخر پہر کو شب گزاری کے لئے فوم کے اسی نرم اور اسپرنگ دار بستر، اسی فوم لائٹ بلب، ہلکے نیلگوں پردوں کے اندر سے جھانکتی ہوئی نیلی دیواروں کی ضرورت ہے ——— بچوں نے مجھے بھی ڈسٹرب نہیں کیا ——— میں بہت ہی بیلنسیڈ آدمی ہوں۔

جبکہ آج کل اکثریت غیر متوازن لوگوں کی ہے ——— میرے طبقے میں بھی، مجھ سے نیچے والوں میں بھی اور جوان سے کمتر ہیں، ان میں بھی ——— میرا خیال ہے وہ "لائف اِن آرٹ" سے واقف نہیں۔ جو فضول کی سوچیں چن چن کر اپنی راہوں پر کانٹے بچھا لیتے ہیں ——— آئیڈیلزم کی اینٹ اینٹ، تیز جلتی دھوپ میں ریتیلی زمین پہ چل چل کے جمع کرتے ہیں ——— اور پسینے پسینے ہو کر اپنے گرد ایک حصار بنا لیتے ہیں ——— اور پھر خود ہی واویلا مچاتے ہیں ———

"دیکھو بھئی ——— میرا دم گھٹ رہا ہے ——— زندگی یہ ہے ——— زندگی وہ ہے ——— کبھی بار میں جا کر گلاسیز توڑتے ہیں، کبھی شریف لڑکیوں کے ساتھ عشق بازی میں مصروف ہوتے ہیں تو کبھی اپنی مفلوک الحالی کا گریبان چاک کر کے اپنے ان نام نہاد زخموں کو جو دراصل ان کے ناخنوں کا ہی نشان ہوتا ہے۔ مجھے ایسے لوگوں سے زیادہ اس طبقے کے لوگ اچھے لگتے ہیں جنہیں اگر مزدوری نہیں ملتی یا کم ملتی ہے تو گھر آ کر بیویوں کو پیٹ ڈالتے ہیں تو کبھی اس قلیل آمدنی اور بے پناہ ضرورتوں سے گھبرا کر سارے پیسوں کی تاڑی پی جاتے ہیں یقیناً ان کے اندر جو فرسٹیشن ہوتا ہے وہ ان لوگوں میں نہیں ہوتا جو کلچرڈ کہے جانے کے باوجود بڑے وحشی ہوتے ہیں۔

آج کی یہ عجیب و غریب شام میرے لئے نہ جانے کیوں مسئلہ بن گئی ہے اور وہ اجنبی عورت مجھے بہت یاد آ رہی ہے جس کا نام بھی مجھے معلوم نہیں اور جس سے میں کبھی نہیں ملا ہوں۔ ہاں اکثر اسے ٹھیک وقت پہ تیار ہو کر، کاندھے پر پرس لگا کر باہر نکلتے دیکھا ہے اور وقت مقررہ پر کوارٹر کا تالا کھول کر اندر داخل ہوتے دیکھا ہے ——— نہ وہ اس عمر کی ہے جس میں عام لڑکیاں بھی ایک اپیل ہوتی ہیں۔ اور نہ میں ایسا ہوں۔ کیا اس عمر کے اس موڑ اور زندگی کے اس اسٹیج پر بھی "لو ایٹ فرسٹ سائٹ" کا امکان ہوتا ہے؟ —— مجھے اپنے اس سوال پر خود ہی ہنسی آ گئی ———

"بائو فنی ازاٹ؟" ——— اور میں نے ایک ایک کر کے

چار لڑکیوں کے پاس بائک باری سے سلیپ بھجوائے ہیں۔ اور یہ اتفاق ہی تھا۔ چاروں نے معذرت کر لی ہے۔ میری آج کی پہچان۔ میری آج کی ضرورت اسی ٹائپ کی محتاج تھی اور نعم البدل یا "اصل کی پہچان" میرے لاشعور سے چھپتی پھر رہی تھی۔ میں حسب معمول دفتر سے نکلا۔ ڈرائیور گیٹ کو لے منتظر تھا۔ مجھے بیٹھنے کے بعد وہ جگہ بتانی ہے۔ ـــــ لیکن کہاں ـــــ ؟ ـــــ میں کوئی فیصلہ نہ کر سکا۔ اور ٹالنے کی غرض سے کہا ـــــ "اسٹیشن کی طرف!" ـــــ اور ڈرائیور میرا موڈ دیکھ کر متوازن انداز سے ڈرائیو کرتا رہا۔ میں کھڑکی سے باہر کی طرف دیکھتا رہتا ہوں ـــــ بس یونہی ـــــ راہ چلتی لڑکیوں کو دیکھ کر سیٹی بجانے یا کڈنیپ کرنے کا میرا کوئی ارادہ نہیں ـــــ میں تو دراصل یوں ہی ٹہلنے لگا تھا ـــــ بلا مقصد ـــــ جب ہی اچانک وہ مجھے نظر آ گئی ـــــ وہی پڑوسن!

اور میرا دل ایک انوکھے انداز سے دھڑکنے لگا۔ یہ دھک دھک میرے لئے قطعی نئی چیز تھی۔ میرا جی چاہا جلدی سے اسے روک دوں اور باتیں کرنے لگوں ـــــ مگر میری اس کے ساتھ ہیلو، ہیلو بھی نہیں۔ میں اس سے کیسے باتیں کروں ـــــ اتنی ریزرو، اتنی رعب دار ـــــ نہ جانے وہ مجھے کیا سمجھے۔ اچانک جیسے میرا اعتماد ٹوٹنے لگا اور میں آگے بڑھ گیا ـــــ ڈرائیور نے رفتار ذرا اور کم کر دی تھی ـــــ اب نسبتاً کم بھیڑ والے راستے سے گزر رہا ہوں ـــــ معاً مجھے خیال آیا ـــــ آج ایک مصوری کے "اُدگھاٹن سماروہ" کا کارڈ میری بیگ میں پڑا ہے ـــــ میں وہیں چلنے کو کہتا ہوں ـــــ کچھ تضیع اوقات ـــــ یہ چینج آف موڈ ـــــ

اور آؤٹ آف دے ہونا۔ زندگی کو متوازی رکھنے کے لئے ضروری ہوتا ہے۔ ڈرائیور تھوڑی دیر بعد ہال کے باہر پارک کر دیتا ہے۔ رنگ برنگے بلب سجے ہیں۔ افتتاح ہو چکا ہے۔ میں بھی اندر داخل ہو جاتا ہوں ـــــ حالانکہ مصوری اور جدید مصوری سے مجھے کوئی لگاؤ نہیں۔ آخر اس میں ہے کیا؟ ـــــ بس سیلف سٹیفیکیشن اور فرسٹریشن کا ردعمل ـــــ میں اکتایا اکتایا سا ٹہلنے لگا۔ کئی لڑکیاں جماعت میں۔ کچھ پیرنٹس کے ساتھ۔ کوئی کسی لڑکے

کے ہمراہ ــــ کچھ اکیلی اکیلی ماڈرن اور بے حد ذہین ہونے کا رعب جمانے میں
مصروف تھیں ــــ اتفاقاً مجھے وہ بھی یہاں نظر آئی ــــ
"ہاؤ فولیش!" ــــ میرے دل نے مجھے ٹوکا ــــ "لائک آ
چیپ ٹو اسٹوری" ــــ اور میں اپنے آپ سے بری طرح ڈر گیا ــــ
گھبرا کے ہی میں نے سامنے سے "ہیلو!" کہا ــــ اس نے میری طرف ناپسندیدگی
کی نظروں سے دیکھا۔ اور پھر فارملیٹی کے ساتھ مسکرا کر بولی ــــ
"فلیٹ نمبر ٹین (۱۰)۔"
"یس ــــ اینڈ یو۔ نمبر الیون" ــــ
وہ ہنس پڑی ــــ یہ ہمارا جدید ترین تعارف تھا۔ گویا نمبر ٹین اور نمبر الیون
میری سمجھ میں نہیں آیا کیا باتیں کروں ــــ میرے سارے اصول
بے حد ہلکے محسوس ہوئے۔ لگا جیسے اچانک کسی شخصیت سے باتیں کرنا۔
جس کے متعلق پہلے سے ذہن نے بہت کچھ سوچ رکھا ہے بے حد مشکل ہوتا ہے۔
لیکن پھر بھی اندر کے میں، پر باہر کے میں، نے عادی ہو کر کہا ــــ
"آج کی شام میں بور ہو رہا ہوں ــــ آر یو فری ــــ چلیئے کہیں
چل کر باتیں کریں!" ــــ
اس کی پیشانی کی شکنیں کچھ کم ہوئیں ــــ آنکھوں کی اجنبیت
بھی زائل ہوتی ہوئی محسوس ہوئی اور اس نے کہا ــــ
"ایسی کوئی مصروفیت تو نہیں۔ چلیئے گھر چلتے ہیں!" ــــ
میں ایکبار پھر گھبرایا ــــ اگر وہ عام لڑکیوں کی طرح کسی کیبن والے
ریستوران کو پسند کرتی تو بات میرے لئے کچھ نہ تھی! ــــ لیکن گھر
چلنے تک کی یہ خود اعتمادی کچھ معنی رکھتی ہے اور یہ معنویت میرے لئے نئی تھی
وہ میرے ساتھ باہر نکلی ــــ اور میرے ساتھ ہی پچھلی سیٹ
پر بیٹھ گئی۔ اور باہر کی طرف دیکھنے لگی ــــ لاتعلق سی
"آل رائٹ" ــــ میرے دل نے کہا ــــ اگر وہ نمبر ٹو لڑکیوں
کی طرح مجھ سے ہر موضوع پر باتیں کرنے کی کوششیں کرتی اور کبھی اپنی اداؤں
کا اور کبھی اپنی آواز کا اور کبھی اپنی ذہانت کا اثر ڈالنا چاہتی تو شاید میں اسے ذہن
اتار دیتا ــــ مگر وہ میرے وجود سے لاتعلق تھی اور یہی لاتعلقی مجھے اس کی

طرف متوجہ کئے ہوئے تھی۔ کچھ دیر بعد اس کا فلیٹ آگیا ـــــ بیچ میں ایک لمبی سی سڑک تھی اور دوسری طرف اس کا گھر تھا ـــــ ڈرائیور کو میں نے واپس بھیج دیا اور اس کے ساتھ ہی ڈرائنگ روم میں داخل ہوا ـــــ

یہاں بھی اسکی انفرادیت مجھے چونکا گئی ـــــ کہ اس نے نہ تو مجھے کچھ پینے کو کہا۔ نہ میرے سامنے زبردستی چند بندھے ٹکے ریڈی میڈ ناشتوں کی پلیٹ رکھ دی۔ ایسا کچھ نہیں کیا اس نے۔ بلکہ خاموشی کے ساتھ اٹھی ـــــ فریج سے پانی نکال کر خود پانی لیا اور ایک گلاس مجھے دیا پھر سامنے کی کرسی پر بیٹھ کر بولی ـــــ

"ہاں تو آپ کیوں بور ہو رہے ہیں؟ ـــــ ہاؤ کین ہیلپ یو؟ ـــــ"

اس کے لہجے میں بڑی قطعیت تھی۔ مجھے اپنا قد بونا سا لگا۔ اور میں نے سنبھلتے ہوئے پوچھا ـــــ

"پہلے ہم انٹروڈیوز تو ہولیں"! ـــــ

"شیور! ـــــ میں مسز امبیکا چودھری ہوں۔ میرے ہزبینڈ کنڈا میں سیٹل کر گئے ہیں ـــــ میں یہاں سروس کرتی ہوں۔ میرے بچے نہیں مگر میرے بہت سارے رشتہ دار ہیں ـــــ اینڈ دے آر مائی لائف" ـــــ

میں شاید کچھ اور بھی جاننا چاہتا تھا مگر نہ تو مجھے ہمت ہو رہی تھی۔ اور پھر میری ضرورت بھی کیا تھی؟ ـــــ اب تعارف کی میری باری تھی ـــــ اور ہمیشہ ہر کام ٹو دی پوائنٹ کرنے والی میری شخصیت بری طرح مات کھا گئی تھی اتنی ٹھوس، اتنی بھرپور اور اتنی گہری شخصیت کے سامنے میں آج شام کی روداد کیسے کہوں جو ہر شام کے صفحے پر لکھی جاتی ہے اور شام ڈھلتے ہی وہ صفحہ میں پرزہ پرزہ کر کے بکھیر دیتا ہوں ـــــ کہیں شام میری توہین نہ کر دے ـــــ میں گھبرا رہا تھا ـــــ پتہ نہیں یہ عورت ـــــ امبیکا چودھری کیسی ہے؟ ـــــ کہیں وہ ذلیل کر کے مجھے گھر سے نہ نکال دے ـــــ کہیں وہ مجھے چیٹ نہ کرے اور میں منہ چھپاتا پھروں ـــــ

عورت کا یہ ٹائپ میرے لئے نیا تھا ـــــ پھر بھی میرے

اندر کے پریکٹیکل آدمی نے مجھے تقویت دی اور میں نے کہا ——
"مجھے آج کی شام گزارنے کیلئے کسی پارٹنر کی ضرورت تھی —— میں کافی پیسے خرچ کرتا ہوں اسکے لئے —— آر یو ایگری؟" ——
یہ انگریزی کے الفاظ اکثر اسلحے کی طرح محسوس ہوتے ہیں کیونکہ جو کچھ ہم اپنی زبان میں نہیں کہہ پاتے وہ اس ذریعہ سے بڑی آسانی سے کہہ لیتے ہیں ——
پہلے تو وہ براہ راست میری طرف دیکھتی رہی پھر اٹھ کر اندر چلی گئی۔ کیا میں نے غلطی کی —— ؟ —— حالانکہ اس کمرشیل ایج میں لڑکیاں فاسٹ اور بہت فاسٹ ہوتی ہیں۔ یہ میرا یقین تھا —— آج کی لڑکیاں پردیس میں جانا نہیں چاہتیں۔ اور پھر آج سائنس نے ہر رشتے کو اس طرح میٹریکیٹیڈ بنا ڈالا ہے کہ نام نہاد خوف بھی دیوار نہیں بنتا —— لیکن یہ امبیکا چودھری —— شاید سب سے الگ ہے —— میں نے اس کے ڈرائنگ روم کو دیکھا —— مگر کہیں کوئی "کلو" نہیں —— نہ تو اس نے حد سے زیادہ قیمتی اور میڈ اِن فلاں —— فلاں سے آراستہ کر کے دولت مندی کا رعب ڈالا تھا —— نہ اپنی نفاست طبع اور معیارِ ذوق کا رعب بٹھانے کی کوشش کی تھی —— بس بے حد عام سا ڈرائنگ روم۔ ایک سیٹ صوفہ —— چند کرسیاں —— سنیٹر ٹیبل کارنر ٹیبل پہ لیمپ —— ایک چوکی پہ مناسب لبستر —— چند مزدوری تصویریں —— ڈیٹ کیس اور کچھ نہیں۔
اچانک مجھے ڈر لگا —— ایسی عورتیں جتنی زمین کے اوپر ہوتی ہیں اتنی ہی اندر بھی —— مجھے ان کا کوئی تجربہ نہ تھا —— اور میں ان سے دور ہی رہا کرتا تھا۔
"کیا وہ پولیس کو فون کرنے گئی ہے؟"
مگر یہ قطعی فضول تھا —— وہ اپنی مدد خود کر سکتی ہے ——
"پھر ——"
"پھر ؟" ——

مجھے بیٹھے بیٹھے اکتاہٹ سی ہونے لگی۔ معاً اندر کا پردہ ہلا —— امبیکا شب خوابی کے، پار درشک لباس میں

میرے سامنے تھی ـــــ گویا یہ شام میرے تجربے میں ایک اضافہ تھی! ـــــ

ادھورے چہرے

کبھی بے حد عام سی بات، بہت ہی معمولی سا حادثہ بھی اپنی تکرار سے اپنا اعتراف حاصل کر لیتا ہے۔ وہ مجھے اچانک ہی محسوس ہوا۔ میرے انکل سیاسی قیدی کی حیثیت سے جیل میں تھے اور ہفتے کی شام میں ان سے ملنے جاتی ہوں۔ مجھے رشتہ داروں کی سیاست سے کوئی واسطہ نہ تھا۔ یوں بھی عام سطح کی عام باتوں کو میرا ذہن قبول نہیں کرتا۔ یہ میری فطرت ہے اور مجھے اپنی اس عادت پر فخر ہے۔

آج کی انفرادیت کیا تھی، یہ میں صبح ہی صبح تو نہ جان سکی مگر مجھے کچھ عجیب سا محسوس ہوا ——— جیسے لاشعور میں اضطراب سا ہو۔ حدِ امکانات سے پرے، پرواز کرنے والے دل نے نئی وسعتیں پالی ہیں۔ یا کہ کوئی بے رحم رشتہ ذہنی بیل کی طرح گھر کر میرے وجود کو پاش پاش کرنے والا ہو ——— یوں بھی مجھے دیر تک سونے کی عادت ہے۔ اٹھی تو تھوڑی دیر بعد ہی کال بیل کی آواز نے مجھے چونکا دیا۔ یوں تو اس بھرے پُرے گھر میں یہ بیل

بجتی ہی رہتی ہے۔ مگر بٹن دبانے کا وہ مخصوص انداز میرا جانا پہچانا تھا —— جینا، میرے سامنے مقدس مسکراہٹوں کے اجالے لیکر آ کھڑی ہوئی۔

"ہیلو —— جینا" —— میں نے حیرت اور خوشی سے پکارا ——

"تم کب آئیں؟" ——

"بس آج ہی —— اور سب سے پہلے تمہیں کو ملی" —— اس نے اپنے مخصوص انداز سے کہا —— میں نے دیکھا، برسوں بعد بھی جینا وہی تھی —— اس کی وہی فرشتوں جیسی ہنسی —— اور ہنستے ہنستے اس کی گہری نیلی سبز آنکھوں میں پانی بھر آنے کا انداز وہی تھا —— واقعی کچھ ہستیاں اپنے اندر ایسے اجالے رکھتی ہیں کہ ماہ و سال کے بے رحم ہاتھ ان سے کچھ نہیں چھین پاتے۔

جینا میرے ساتھ، میرے کمرے میں گھنٹوں باتیں کرتی رہی۔ دنیا بھر کی باتیں۔ لطیفے۔ دکھ کے سطحی اور کرب کے گہرے نشتروں کا ذکر کرتے ہوئے جب وہ دوپہر کی دھوپ ڈھلنے لگی تو مجھے یاد آیا

"مائی گڈنس —— جینا —— آج تو مجھے انکل سے ملنا تھا؟" ——

"یس۔ آل رائٹ —— چلو چلتے ہیں" —— جلدی جلدی کھانے سے فراغت پانے کے بعد جب میں اس کے ساتھ جیل کمپاؤنڈ میں داخل ہوئی تو ابھی وقت ہی نہیں ہوا تھا ——

"چلو جیل کی سیر کرتے ہیں" ——

"خیریت؟ —— ایسا کیا ہوا ہے؟ —— میں نے مذاقاً پوچھا ——

" —— بالکل —— چلو ذرا "سی" کلاس دیکھیں" ——

"مگر پرمیشن؟" ——

"کم آن —— اٹ ڈزنٹ میٹر!"

جیلر شاید مشن کا پہچانا ہوا آدمی تھا —— اس نے ہمیں خوش آمدید کہا —— اور جیل کے احاطے میں رہبری کرنے لگا۔

"اکرم ——" اچانک ایک قیدی کے پاس میرے پاؤں تھم سے گئے۔ پندرہ، سولہ سال کے اکرم کو قیدیوں کے لباس میں دیکھ کر میری آتما کے اندر کچھ ٹوٹ کر بکھر سا گیا۔ روح کے اندر کیسے کتنے بودے لگتے ہیں۔

اکھڑ جاتے ہیں ۔ کب پت جھڑ بے آواز چلی آتی ہے ۔ کب یقین کا گار نہیر شیشہ گر کر چکنا چور ہو جاتا ہے ۔ ان آہٹوں کو کون جان سکا ہے ۔ یہ تو وہ دھمک ہے جو اندر اندر روند ڈالتی ہے ۔

وہ تین سال کا وہ بچہ جو کریمن کو اچانک مل گیا تھا اس کیساتھ حرامی پن کا لیبل لگا تھا ۔ کیونکہ اس کے چہرے کے نقوش ایک سفید پوش کی اندرونی سیاہی کی چغلی کرتے تھے اور جس کی ماں نے کنوئیں میں کود کر جان دے دی تھی ۔ کریمن میرے گھر کی ملازمہ تھی ۔ گھر کے ان بکھیڑوں کا سپروائزر اماں تھیں مجھے ان فضولیات سے کوئی سروکار نہ تھا پھر بھی بہت ضعیف سی وہ عورت اپنی پاٹ دار آواز میں ، جمعدارنی دالی سے جھگڑے کرتی تو مجھے برا نہیں لگتا بلکہ محسوس ہوتا جیسے اس آواز کا اس کی شخصیت سے گہرا تعلق ہے نامحسوس مگر گہرا —— حالانکہ مجھے شور اور ہنگاموں سے نفرت رہی ہے ۔ آہستہ آواز نرم لہجہ ۔ اور کم سے کم الفاظ کا استعمال خود میری عادت ہے ۔ اس کے باوجود مجھے لگتا ، جیسے اگر کریمن کی آواز گھٹ گئی تو گھر کی دیواریں چیخ اٹھیں گی —— در و دیوار پکارنے لگیں گے بلکہ کریمن کی سخت آواز کے ساتھ اکرم کی ننھی منی آواز مل جل کر ایک عجیب سا توازن پیدا کرتی وہ توتلی آواز میں کریمن کو " نانی ماں " کہہ کے پکارتا ۔

اور خوش ہوتی کریمن چیخ کر کہتی ——

" ارے چپ حرامی —— مار چکے جائے ہے —— مگر اس کے باوجود وہ چپکے سے اس کے لئے تمام چینی کے پیالے میں چائے انڈیلتی اور رات کی روٹی نکال کر چپ چاپ اس کے سامنے رکھ دیتی ——

وہ تشکرانہ نظروں سے کریمن کی طرف دیکھ کر آہستہ آہستہ کھانے لگتا ——

عورتیں شاید پیدائشی ماں ہوتی ہیں ۔ کریمن تو لاولد تھی —— پھر بھی —— جیسے اب تک کی ساری ممتا اچانک لبریز ہو کر اس بچے کو شرابور کر گئی تھی —— وہ جتنا چیختی ، اس سے کہیں زیادہ پیار کرتی ۔ اسے خود نہلاتی دھلاتی —— کپڑے بدل کر اپنی موٹی موٹی بھدی بھدی انگلیوں سے جب اسے کاجل لگا کر بائیں پیشانی پر نظر کا بڑا سا ٹیکہ لگا دیتی تو مجھے ہنسی آجاتی —— ہاں اگر کبھی وہ کسی بات کے لئے ضد

کرتا تو کریمن کا شفیق اچانک بے رحمی کا آلۂ کار بن جاتا۔ وہ اسے بے تحاشا پیٹنے لگتی شاید لاشعور کے اندر چھپے ہوئے بانجھ پن کی ٹیس شعور کو ڈھکے دیتی پھر اچانک شعور ابھر آتا ——— اور وہ اکرم کو سینے سے لگا کر خوب بلک بلک کر روتی۔ کتنے برس یوں ہی بیت گئے۔ دیکھتے دیکھتے اکرم چھ سال کا ذہین، خاموش طبع اور نیک لڑکا بن گیا۔ لیکن اس کی بڑھتی ہوئی عمر کے ساتھ ہی اس کے حرامی پن کے لیبل کا ہر ایک اسمال لیٹر بھی کیپٹل میں تبدیل ہوتا گیا۔ گلی کے بچے اسے حرامی کہہ کے جب بھی چڑاتے، وہ بغیر سوچے سمجھے لڑ پڑتا ——— ایک بات مجھے شدت کے ساتھ متاثر کرتی ——— وہ یہ کہ جب بھی کوئی اسے اسکے باپ کے خوفناک انجان چہرے کے نقوش بتا کر اس کے ابھرتے ہوئے ذہن کو مفلوج کرنے کی کوشش کرتا تو وہ سب کچھ چپ چاپ سن لیتا۔ بلکہ اس کے چہرے پر انتقامی کیفیت ابھر آتی۔ لیکن اگر کوئی ماں کو گالی دیتا تو وہ عمر اور جسمانی طاقت کی پرواہ کئے بغیر مرنے مارنے پر اتر آتا۔ میں سوچتی ——— ماں کی ذلت روح کے اندر اتر کر ناسور بن جاتی ہے اس ازلی سچائی کی مکمل اساس ننھے سے اکرم میں کس طرح موجود ہے۔ یہ کون جان سکا ہے۔ ان حالات میں اکرم کا مستقبل کیا ہوگا؟ ——— سوال جتنا تاریک تھا، جواب تاریک تر تھا ———

میں نے کریمن سے کہہ کے اس کا داخلہ قریب کے پرائمری اسکول میں کرا دیا۔ کتابیں کچھ تو اسکول سے مل گئیں، کچھ خرید دی گئیں۔ وہ میرا بھی نامنل ایڈ تھا۔ پھر بھی میں تھوڑا وقت نکال کر اسے پڑھانے لگی۔ ویسے دراصل میں اس کے ذہن کو پڑھنا چاہتی تھی کہ واقعی اس کا رجحان کیا ہے؟ وہ بہت ذہین تو نہیں تھا ——— لیکن اس کی دلچسپی نے مجھے شدت سے متاثر کیا تھا ——— ہر دوسرے دن اسکی پنسل گم ہو جاتی۔ کبھی ربر غائب کبھی پنسل ندارد ——— میرے سخت لہجے کے وزن سے یا کہ اپنے اندر کی سچائی سے وہ فوراً گھبرا کے کہہ اٹھتا ———

"باجی ——— اختر کے پاس پنسل نہیں تھی۔ اس لئے میں نے دے دی"

"انور کی کاپی نہیں تھی - - - - - - - - - "

رمیش کا ربر کھو گیا تھا باجی اسلئے دے دیا ——— ورنہ وہ وہ گھر میں پٹتا"

اس کے حساس دل کی معصومیت کریمن کی سمجھ سے باہر
تھی یا کہ وہ صورتِ حال سے خوفزدہ ہو جاتی، لیکن جب بھی اکرم اپنی کوئی چیز
کسی کو دے دیتا، وہ اسے مارنے جھنجھوڑنے لگتی ——
"دیکھئے ذرا —— اس حرامی کے لئے اتنا وقت کھراب کر رہے ہے
کھرچا الگ، اور ای منحوس بڑا حاتم بنتا ہے" ——
"چھوڑ دو بوا ——" میں اکرم کو الگ کر دیتی، اور اس کے بعد ایک سوال میرے
ذہن میں آ دیراں ہو جاتا —— "آخر ایسے کیسے چلے گا ——
اکرم کی تخلیق ہی جذبۂ وفا اور اعتماد کی انتہا کا ثبوت ہے۔ اس کا حساس
دل چکنا چور نہ ہو —— اس کے لئے اسے مضبوط بننا ہوگا۔ مگر اس
کے تحفظ کے لئے ایسا ماحول میں کہاں سے مہیا کروں —— جو نہ کسی
گوشے میں ہے نہ کسی فرد کے ذہن میں" ——
میرا ذہن بھول بھلیوں میں گم ہو گیا تھا —— میں اکرم
کے مستقبل کے لئے یوں فکرمند رہنے لگی جیسے اگر وہ تباہ ہوا تو اسکی
کسی حد تک ذمہ داری مجھ پہ بھی ہو گی۔ مگر میں اس کے لئے کر ہی کیا سکتی ہوں
—— اسکول کے بچے بھی کلاس کے درمیان میں کبھی دبے لہجے میں، کبھی
زور زور سے اور کھیل کے درمیان میں اکرم کو دھکیل دھکیل کر اس کے ذہن میں
جائز ناجائز کے جہنم سلگایا کرتے —— اور وہی لوگ جب موقع ہوتا
جب ضرورت ہوتی، اس سے فائدہ بھی اٹھاتے —— اس سے اس
کی کاپی پنسل حتیٰ کہ کتاب تک مانگ لیتے ——
بہت ہی معصوم سا اکرم جیسے جیسے بڑا ہوتا گیا۔ اپنے
دائرے میں سمٹتا گیا —— اب وہ اسکول کے بعد گھر میں ہی رہتا۔ کریمن
کا ہاتھ بٹاتا، کبھی پودوں کو پانی دینے لگتا —— اور کبھی گم سم ہو کر سرِ شام
ہی پڑھنے بیٹھ جاتا۔
وقت گزرتا رہا —— اب اس کا داخلہ ہائی اسکول میں
ہو گیا۔ میں نے سوچا ماحول اور معیار کی تبدیلی شاید خوشگوار ہو۔ مگر اس کی
تقدیر یہاں بھی اس کے ساتھ تھی —— لیکن میں چاہتی وہ زیادہ سے زیادہ توجہ
تعلیم کی طرف دے۔ اور اس سلسلہ میں مجھ سے مدد لیا کرے —— ایسے

ہی ایک دن میں نے دیکھا ـــــ وہ شام کی ڈوبتی روشنی میں پچھواڑے کے بیل کے درخت کے نیچے کچھ لکھنے میں اس قدر منہمک تھا کہ اسے میری آہٹ بھی محسوس نہ ہوئی ـــــ

"کیا لکھ رہے ہو اکرم؟" ـــــ

وہ گھبرا کے اٹھ کھڑا ہوا اور جلدی سے کاپی بند کر دی ـــــ

"کیا ہوم ورک ہے؟" ـــــ

"نہیں باجی ـــ وہ میگزین کے لئے ـــ"

"لاؤ ـــ دیکھیں تو ـــ"

"ٹوٹے سپنے" ـــ عنوان لکھ کر وہ ایک کہانی لکھ رہا تھا۔ میلے میں کھوئے ہوئے بچے کے ذہن کا خوف، غیر محفوظ ہونے کا ڈر ـــ اور لوگوں کے ہجوم سے وحشت کو اس نے اتنے اچھے انداز سے بیان کیا تھا کہ میں متأثر ہوئے بغیر نہ رہ سکی ـــ میں نے مناسب الفاظ میں اسکی ہمت افزائی کی ـــ اور اسی دن سے مجھے اس کی طرف سے ایک گونہ سکون مل گیا تھا ـــ اس کے مضطرب ذہن کو اظہار کا ایک وسیلہ مل گیا تھا ـــ یوں وہ بجائے اندر اندر گھٹنے کے اپنے حساس ذہن کو سمیٹ سکے گا ـــ غم کی انتہا اگر ذہنی توازن بگاڑ دیتی ہے تو یہی غم فن کی تابناکی کا وسیلہ بھی ہوتا ہے یہ مجھے پتہ تھا ـــ

اکرم کی کہانی میگزین میں آ گئی ـــ انعام کے طور پہ ایک قلم دے کر میں نے اس کی مزید لکھنے کے لئے ہمت افزائی کی۔ اور اسے نئے موضوعات دئے ـــ دو سال یوں ہی گزر گئے ـــ اکرم معمول کے مطابق اسکول جاتا ـــ ہر سال پاس ہو جاتا ـــ میرے ٹوکنے پر کبھی شرمایا شرمایا سا اپنی کاپی میرے حوالے کر جاتا ـــ میں تصحیح کرتی ـــ اور کریمن کو اس کے رویے کے متعلق سمجھاتی رہتی کہ ایک دن عجیب سا واقعہ ہو گیا ـــ اکرم نے کلاس کے ایک لڑکے کو مارا تھا ۔ اتفاق سے وہ کسی ٹیچر کا رشتہ دار تھا ـــ کافی لے دے ہوئی ـــ اسکول کے تمام لڑکوں نے مل کر اکرم کو طرح طرح سے نوازا تھا ـــ کسی نے گالیاں دیں۔

——— کسی نے حرامی کہا ——— کسی نے کریمن کی ہانڈی گیری کا
مذاق اڑایا ——— اکرم کو فائن چارج کا شکایت نامہ ملا ———
جسے لیکر اکرم کو کوستی ہوئی کریمن میرے پاس پہونچی ——— میں نے
اس کو بلوایا۔ میرے پوچھنے پر پہلے تو وہ خاموش رہا ——— پھر
اچانک بول اٹھا ———

"باجی ——— وہ کہہ رہا تھا ——— "تمہاری ماں رنڈی تھی" ———
میں نے کہا ——— "میری ماں شریف تھی ——— میرا باپ
بے نام اور بے حیثیت رکا ہے ——— وہ کوئی بھی ہو سکتا ہے ———
میں یتیم" ——— بس وہ پل پڑا ——— میں نے بھی مارا ———
میں فائن نہیں دوں گا" ———

میں چونک اٹھی ——— یہ اکرم نہیں، اس کا حساس
دل، اس کا فنکار ذہن، اس کا بے لوث کردار بول رہا تھا ———
کہ ان آوازوں کا یہی مقدر رہتا ہے ——— لیکن میں اس کا تحفظ
چاہتی تھی ——— تاکہ درد کا یہ خزانہ کبھی ٹوٹے بکھرے دلوں
کا مداوا بن کر ابھر سکے ——— میں نے اسے اپنے مخصوص، پراثر
اور مدھم لہجے میں سمجھایا ——— معافی نامہ لکھ کر دیا ———
اور فائن کی رقم بھی ——— لیکن اس دن کے بعد اکرم اسکول سے
لوٹ کر نہیں آیا ——— میں ڈھونڈ ڈھونڈ کر اور کریمن رو رو کر ہار گئی
——— نہ اسکول گیا ——— نہ گھر لوٹا ——— کریمن اس کے
حرامی پن کا احساس کر کے صبر کر چکی تھی ——— لیکن میرے اندر
ایک اضطراب اور ایک مبہم سی امید باقی تھی ———

اور آج اسے جیب کترے کی حیثیت سے سلاخوں کے پیچھے
دیکھ کر مجھے محسوس ہوا جیسے مکمل اکرم، ٹوٹ کر، بکھر کر ادھورے چہروں میں مل گیا ہو
——— یہی اسکی پہچان ہو اور میں بغور اسے دیکھتی رہی کہ اس کی تکمیل کو
نامکمل کس نے کیا ہے؟ ———

پھانسی کا پھندہ

ڈاکٹر مجھے پیتھیڈین دے کر گیا ہے۔ کچھ دیر بعد آپریشن ہوگا اور میرے جسم کے اندر سے اس زخم کو نکال کر الگ کر دینے کی کوشش کی جائے گی جسکی مجھ سے وابستگی ۱۵ برس پرانی ہے جس کے وجود کا احساس مجھے کبھی کبھی بہت ہی مدھم سی درد کی لہروں کی شکل میں ہوتا رہا ہے۔ جیسے کسی نے سوئی کی نوک چبھادی ہو، پھر آہستہ آہستہ محسوس ہونے لگا جیسے کسی نے چٹکی بھر لی ہو یہی احساس چند مہینوں سے نشتر کے وار جیسا ہو گیا ہے ——

مجھے اپنے اس زخم کا احساس بہت پہلے ہو چکا تھا۔ اگر میں چاہتا تو ڈاکٹروں کے مشورے پہ عمل کر کے صحت یاب بھی ہو سکتا تھا۔ لیکن مجھے اپنا یہ زخم از حد عزیز ہے۔ کیونکہ یہ میرے گذشتہ پندرہ برسوں کے لمحے لمحے کی ڈائری ہے —— روح کے گہرائیوں کی

کتاب ہے جس کا لفظ لفظ خون سے تر بتر ہے۔ سفر اب کی وہ صدا ہے
جسکے ہر اتار چڑھاؤ کے ستار کے تاروں کے ٹوٹنے کا کرب ہم آہنگ ہے۔
ابھی جبکہ میرا ذہن تاریکیوں کے سمندر میں غوطہ زن ہے
مجھے نہ جانے کیوں احساس ہونے لگا ہے۔ اگر یہ زخم مجھ سے الگ کر دیا گیا
تو میں جی نہ سکوں گا۔

صبا! ——— اس زخم کی ابتدا تم ہو ——— کاش
انتہا کے اس منظر میں تم کہیں سے شریک ہو جاؤ ——— اور
دیکھ سکو کہ ٹوٹنے اور بکھرنے کا سین کیا ہوتا ہے ——— ؟ میں نے
ایک مرتبہ تم سے کہا بھی تھا ——— "لاسٹ سین آف دی لاسٹ ایکٹ
کے لئے بڑے پیشنس کی ضرورت ہوتی ہے" ——— اور تم نے ہنس
کے ٹال دیا تھا ———

"تم بی" ——— شاید تمہیں خود بھی پتہ نہ ہو کہ انگریزی کے ان دو لفظوں
میں تمہاری خطرے کا اشارہ کس سمت آیا تھا ——— مگر تم ہمیشہ
کی طرح دامن بچا گئی تھیں ——— اعتراف کی بلندیاں ہر ایک کے
بس کی نہیں ہوتیں۔

صبا! ——— قطعی نہیں، ——— ورنہ میں نے تم سے کب نہیں
کہا تھا ——— میں نے تو ہمیشہ تمہیں روح کی ان گہرائیوں
سے پکارا تھا کہ روح کی خراشیں میری زندگی کا ہر ایک پل لہو لہان
کر گئی تھیں ———

میں نے ایک مرتبہ تمہیں لکھا تھا ——— شاید آخری بار
——— خدا کرے تم ترقی کی بلندیوں کو چھو لو، کہ تمہاری رفعتوں کی
اطلاع مجھے مل ہی جاتی ہے، ویسے میری دعا ضرور ہے کہ میرے مرنے کی
اطلاع بھی تم تک نہ پہنچے ———

اور حسب عادت تم خاموش رہیں ——— لیکن مجھے نہ
تمہارے جواب کا انتظار تھا اور نہ تمہاری خاموشیوں سے گلہ ———
زاہدہ اور تم ایک ساتھ ہی میری زندگی میں داخل ہوئی تھیں ———
زاہدہ میری بیوی تھی ——— مگر جس سے مجھے بے انتہا

نفرت تھی اور تم اس معاشرتی دنیا میں میری کوئی نہ تھیں ——
مگر کیا رشتہ محض ناموں کا پابند ہوتا ہے —— ؟ کیا تم اس کامپلیکیٹڈ
جسٹس کو سمجھ نہیں سکتی تھیں؟ —— جو میری زنجیر تو تھی لیکن
سنگ در نہیں —— تمہاری طلب میری روح کا ناسور بن گئی ——
غلطی کہاں تھی؟ —— کیسی تھی؟ —— میرے پاس ان سوالوں
کا کوئی جواب نہیں۔ سوال اور جواب کی دنیا بڑی منطقی اور باہری ہوتی ہے
—— اگر ہر آدمی ہر جذبے کو نفع و نقصان کی میزان پر تولنے
لگے تو شاید بات برابر کرنے کے لئے وہ اپنی انتر آتما کا سب سے قیمتی حصہ
[illegible] بانٹ دے ——

آج تم سے بہت ساری باتیں کہنی ہیں —— اس لئے
میں بتا دوں، زندگی کے اچیومنٹس اینڈ لاسیس (Achievements and Losses)
میں فرق نہیں ہوتا —— فاصلے کی یہ لکیر ہمارا ظرف ہی بناتا ہے
—— میں خود ہی ایک ذمہ دار انسان تھا —— میں نے ہمیشہ
شادی شدہ لوگوں کے عشق کو احساس کمتری اور ہوس کا نام دیا تھا
—— لیکن بعض لمحے، کسی بھی اصول اور قانون کے پابند نہیں ہوتے،
—— یہی لمحے تو اصل حیات ہوتے ہیں —— جب تم مجھے پہلی مرتبہ
ملیں تو میری روح کس طرح سجدہ ریز ہوئی میں کیسے کیسے خود کو ہار
گیا اس کا تجزیہ کرنا میرے بس کی بات نہیں —— میں غزل
کا شاعر تھا —— کم گو —— اور تیز فہم —— تم اکثر مجھ سے
میرے شعروں کے معنی پوچھا کرتیں اور میں سادگی سے سمجھاتے سمجھاتے
اچانک چپ ہو جاتا۔ تم شرارت سے ہنسا کرتیں۔ مگر تم اردو غزل
کی روایتی شخصیت تھیں —— کوئی بھی پل ہو —— کوئی سا
موسم، تم روایتوں اور اصولوں کے غلاف سے باہر نہ آسکیں —— میں نے
بہت چاہا —— تم میری طرح سوچ سکو —— مگر نہ یہ میرے
بس کا تھا، نہ تمہارے اختیار کا —— بلکہ جب میں نے سنا —— تب
تم نے میرا —— میرا نہیں —— نہ سہی، ایسے لوگوں کا مذاق اڑایا
ہے جو کسی بیوی کے شوہر ہوتے ہوئے کسی کے لئے زندگی اور موت کی

سرحد چھو لیتے ہیں، ـــــــ تو میرے زخم کی ٹیس اور بڑھ گئی ـــ اور اسی لمحے میرے دل نے میرے اس مرض کو سلام کیا ـــــــ اس اعتراف کو، کہ یہ جو کچھ بھی تھا ـــــ تم سے متعلق تھا ـــــ تمہاری وجہ سے تھا ـــــ تم نہ سہی ـــــ میرے اندر کچھ تو ہے جو تم سے اور صرف تم سے وابستہ ہے۔ کہ روح کا وہ گوشہ، انتہا کی وہ گہرائی ـــــ پیاس کا وہ صحرا، ہر ایک کیلئے نہیں ہوتا ـــــ میں تمہیں جھنجھوڑ کے جگا دینا چاہتا تھا ـــــ مگر کس لئے، مجھے پتہ نہ تھا، میں توضیح نہیں کر سکتا کہ اعتراف کی اصلیت کیا ہوتی ہے ـــــ؟

زاہدہ ـــــ میرے لئے روایتی بیوی کی حیثیت رکھتی ہے ـــــ وہ روایتی حیثیت سے الگ بھی کچھ ہو سکتی تھی یہ میں جانتا ہوں، مگر میں نے اس کی طرف کبھی توجہ نہیں دی۔ حالانکہ مجھے پتہ ہے، ـــــ بیوی کا رشتہ کارگہہ شیشہ گری سے کم نہیں ہوتا ہے ـــــ مگر اس کی فکر تو وہ کرے جسے شیشوں کو بچا کے رکھنے کی تمنا ہو ـــــ میں تو کرچیوں سے لہو لہان زندگی کو گوشہ چمن سمجھنے کا عادی ہو چکا ہوں ـــــ سیڈزم جوانجوائے منٹ کی ہلکی سی لکیر ہوتی ہے ـــــ وہ دراصل زندگی کی مفصل کتاب کا عنوان ہوا کرتی ہے ـــــ کاش تمہارے تخیل میں بے رحمی کی جگہ عام سی ایک ہمدردی ہوتی ـــــ

ہاں تو زاہدہ بالکل عام سی عورت ہے ـــــ شگفتہ بھی اور مزاجاً بھی، ـــــ میں اسے جو بھی دیتا ہوں۔ خوشی سے گوارہ کر لیتی ہے ـــــ اگر میں ناراض ہوتا ہوں، وہ مجھے منا لینے کے لئے سب کچھ کرتی ہے، ـــــ اگر میں تھکا ہوتا ہوں ـــــ میرے پاؤں دباتی ہے، سر دباتی ہے، کپڑے دھو کر آئرن کرتی ہے ـــــ میری انا نے کس کس طرح اسے پاش پاش کیا ہے، یہ میں ہی جانتا ہوں ـــــ کبھی میں اسے سنیما یا شاپنگ کے لئے تیار ہونے کو کہتا ہوں اور جب وہ تیار ہو جاتی ہے تو نہ صرف انکار کر دیتا ہوں بلکہ بے بات کے جھگڑے

کو اسقدر طول دیتا ہوں کہ اس کی ہچکیاں لگ جاتی ہیں۔ —— ایسا اکثر اس دن ہوتا ہے جس دن تمہارے خط کا شدید انتظار ہوتا ہے۔

—— اور حسب معمول تمہارے خط کے نہ ملنے پر تمہیں ایک اور خط لکھ چکا ہوتا ہوں —— کھلی ہوئی اما بڑی خطرناک ہوتی ہے۔ زاہدہ خصوصی طور پر میری نفرت کی زد پہ ہوتی ہے —— وہ آج کی گندھاری ہے —— اس نے اپنی کھلی آنکھوں پر عقیدت کی پٹی باندھ رکھی ہے —— پھر بھی اسے وہ نیج میسر نہیں جس سے وہ اپنے اکلوتے بیٹے راشد کو ہر خیر و شر سے محفوظ کر سکے —— وہ ہمیشہ اپنے بیٹے کے مستقبل کے لئے پریشان رہا کرتی ہے۔ وہ چاہتی ہے کہ دوسری عورتوں کی طرح میرے ساتھ مل کر اپنے بیٹے کی آئندہ زندگی باتیں کرے جو عورت کا سب سے خوش آیند خواب ہوتا ہے —— مگر اسے کبھی ہمت نہیں ہوئی، وہ مجھ سے ڈرتی رہتی ہے —— لیکن میں کس سے ڈرتا ہوں؟ —— صبا تم سے، یا حالات سے، یا آنے والے جبر دنوں سے —— ایک دفعہ تم نے پوچھا تھا۔

آخر ایسے کیا ہوتا ہے" ؟ —— یہ سوال اہم تو ہے —— لیکن جب امکانات کے سارے دروازے بند ہو جاتے ہیں تو ناممکنات پہ یقین ہونے لگتا ہے۔ تم یقین کرو نہ کرو —— میں نے مزاروں پہ جا کے تمہیں مانگا ہے —— کیونکہ میں جانتا ہوں، تمہیں میری رادھا کو کسی سری رام نے برہ کی بد دعا نہیں دی ہے —— لیکن تمہیں اس کا احساس ہے بھی یا نہیں —— یہی سوال تو میرے گلے کے لئے پھانسی کا پھندہ بن گیا ہے —— لیکن جس کا دم گھٹتا رہا وہ نہ میں تھا، نہ تم تھیں، بلکہ زاہدہ تھی ——

یاد ہے کہ ایک دفعہ تم نے، گھنٹوں باتیں کی تھیں —— باتوں کا سلسلہ بن صبا کی جنت کی طرح تھا —— ہم دونوں نے ہی محسوس کیا تھا —— ہمارے خیالات، نظریات اور احساسات، ہماری پسند ناپسند میں گہری یگانگت ہے۔ اگر ہماری زندگیاں باہم گزرتیں تو احساس شکست و محرومی، نشاط کا بوجھ ہمیں لسپا نہ کرتا —— مگر شاید ایک ساتھ ہی ہمارے

خیالات کا سلسلہ ٹوٹ گیا تھا —— ہم دونوں نے ہی چونک کر ایک دوسرے کی طرف دیکھا —— تم نے اٹھتے ہوئے کہا تھا —— "بہت دیر ہوگئی —— چلیں اب —— تقدیر کی جبریت کا کوئی علاج نہیں" —— لیکن جب علاج باہر نہیں ہوتا تو اس کا ری ایکشن اندر ہونے لگتا ہے ——

جب جب یہ ردعمل ہوا —— میں نے پاس کے بستر پہ سوئی ہوئی زاہدہ کو اپنے پاس بلا لیا —— اسے بیوی کی طرح استعمال کیا —— وحشیوں کی طرح لوٹا کھسوٹا —— اور جب وہ تھک کر چور چور ہوگئی —— میں دوسری کروٹ سو گیا —— مگر ہمیشہ ہی ایسی دوسری صبح زاہدہ کے لئے تلوار کی دھار بن کر آئی —— وہ سوچتی شاید اس صبح، وہ میری توجہ کی مرکز ہے۔ —— میں اسے اپنائیت اور پیار کی نظروں سے دیکھوں گا —— مارننگ ٹی کے وقت پیالی لئے ہوئے اس کے پاس جا بیٹھوں گا —— اس کے بھیگے بھیگے بالوں کی خنکی چھو کر محسوس کروں گا —— مگر ایسا کچھ بھی محسوس نہیں ہوتا۔ بلکہ دوسری صبح مجھے اس سے اور بھی نفرت ہو جاتی۔ میں بات بات پر اسے اس طرح جھڑکتا، پھٹکارتا —— جیسے وہ میری بیوی نہ ہو، اخبار کا وہ صفحہ ہو جس میں سبھوں کے رزلٹ تو ہوں لیکن اپنا نام یا اپنی پہچان کہیں نظر نہ آئے —— حالانکہ مجھے ذاتی طور پر اس کا تجربہ کبھی نہیں ہے —— پھر بھی میں نے ہمیشہ یہی محسوس کیا ہے —— اور اپنی شدید نفرت کے بوجھ تلے خود ہی دب گیا ہوں۔

آہستہ آہستہ یہ ٹوٹنے کا احساس بھی جکڑنے لگا ہے —— تمہارا خط مہینوں بعد کبھی ایک دو جملے کا آجاتا —— جیسے دھوپ سے پھٹتی بنجر زمین پہ کسی نے پانی کی دو بوندیں ٹپکا دی ہوں —— ہو سکتا ہے تمہارے تحت الشعور میں چین دکشن بننے یا ہونے کا بھرم پوشیدہ ہو —— تم نے سوچا ہو شاید تمہاری نفرت تمہارے طرز تغافل سے، ردعمل کے طور پر میں اپنی بیوی کی طرف لوٹ آؤں گا —— مگر شاید تمہیں پتہ نہیں —— کسی کو یاد کرنا اور بھول جانا آسان نہیں ہوتا

—— اور پھر صبا! —— میں جانتا ہوں، عورت کیا
ہوتی ہے —— تم نے ایسا کبھی نہیں چاہا ہوگا —— قطعی نہیں
—— تمہیں مجھے تڑپتا ہوا، بے چین بے چین دیکھنے سے خوشی ہوتی
ہوگی —— کاش تم ان کہی کی خلش سمجھ سکتیں ——
تم جانتیں، وفا کی محرومی اور بے وفائی کے کرب میں کتنا بڑا فرق ہوتا ہے
—— میں جانتا ہوں، تم بڑی سمجھ دار ہو —— ڈپلومیٹ
اور نارمل —— جو کہنے کا مقصد تم نے اپنا رکھا تھا —— وہ
میں بھی جانتا ہوں —— مجھے بھی شروع سے ہی اندازہ تھا کہ زندگیوں
کی لاشوں پہ جو کچھ بنتا ہے وہ خوابوں کا محل نہیں، بھوتوں کا مسکن ہوتا ہے۔
مگر تم نے کبھی اپنی وفا کا اعتراف بھی تو نہیں کیا، —— کہا بھی نہیں ——
تم کیا سوچتی ہو، —— تمہاری آرزوؤں کی انتہا کیا ہے —— شاید
تم نے سمجھا ہو اگر تم نے اپنے خوابوں کے دریچے وا کر دئے تو شاید میرے اندر
تپش کی جگہ طمانیت ابھر آئے گی۔ اور میں تم سے دور ہٹتا جاؤں گا ——
نہیں صبا، ایسا ممکن نہیں تھا —— تمہیں پتہ نہیں، وفا کی انتہا کیا ہوتی
ہے —— اگر مائیکل مدھوسدن دتہ کو مٹی کی پکار اس قدر عظیم بنا سکتی
ہے تو من تو شدم، تو من شدی کی انتہا، کیا دو الگ الگ حلقے دائرے اور حد
بندیوں کے درمیان ہمیں طمانیت اور تکمیل نہیں دے سکتی تھی ——
درد کا وہ احساس جو پہلے مدھم تھا —— اب مہیم ہونے
لگا ہے۔ اب میں زاہدہ کو ہی نہیں، راشد کو بھی جھڑک دیتا ہوں ——
کیونکہ اب زاہدہ پہ میری زیادتیوں کا کوئی رد عمل نہیں ہوتا —— وہ بالکل
خاموش رہ جاتی ہے۔ شاید وہ احتجاج کی طاقت لوز کر چکی ہے ——
اس لئے میں اسے جلانے اور چڑانے کیلئے جو کچھ اسے کہنا چاہتا ہوں وہ
اب اسے نہیں راشد کو کہتا ہوں۔ شاید یہ میرے اندر کے ہارے ہوئے مرد کو
اس کا اندازہ ہے کہ ماں کے سامنے اگر بچے کے متعلق لپشت ہا لپشت کی بھوش
دانیاں کرتا ہے تو خنجر ماں کی کن گہرائیوں میں پیوست ہوتا ہے ——
مگر مجھے مکمل خوشی اور طمانینت کا احساس نہیں ہوتا۔ خصوصاً
تب ہی، راشد کی ڈبڈبائی آنکھوں کو دیکھتا ہوں تو لگتا ہے جیسے میرے اندر کچھ

ٹوٹ کے بکھر گیا ہو —— آہستہ آہستہ جھنا کے کی یہ آواز میرے پیٹ
کے ایک مخصوص کونے میں سینیٹر لائزڈ ہو گئی ہے —— اور میں مجبوراً
اس ٹیبل پہ لٹا دیا گیا ہوں جہاں سے کوئی زندہ واپس نہیں ہوا ——
آپریشن کامیاب نہیں ہوا —— اسی لئے
میرے عزیز، دوست، رشتہ دار، سبھی میرے بے ہوش ہونے سے پہلے
مجھ سے ملنے آئے ہیں —— سب کی آنکھوں میں ہمدردی اور محبت
کے قطرے لرز رہے ہیں —— الفاظ کے لٹے ہوئے خزانے میں
میرے پاس کہنے یا سننے کا کوئی بھی لفظ نہیں ہے —— میں ان کی
طرف دیکھتا ہوں تو وہ میری طرف دیکھتے ہیں ——

اچانک ایک مخصوص آہٹ نے مجھے چونکا دیا —— وہی
آہٹ جس کا میں تمام عمر منتظر رہا —— چلنے کا یہ انداز میرا جانا
ہوا ہے —— لیکن یہ آج کیا ہوا؟ —— وہ آخر کون ہے؟
—— کہ اس کے آنے کی مجھے مطلق خوشی نہیں ہوئی ——
بلکہ ایک عجیب بات —— شاید زندگی میں پہلی بار، مجھے احساس
جرم نے کیوں جکڑ ڈالا —— اور میں نے چونک کے زاہدہ کی طرف
کیوں دیکھا ——؟

مگر میری حیرت سے پھٹی ہوئی آنکھیں زاہدہ کے چہرے
سے پیوست ہو کے رہ گئی ہیں —— کیوں کہ اسکی آنکھوں کے
آنسوؤں کے پیچھے بیزاری اور نفرت کی دھواں سی آگ موجود ہے۔
—— پھر میں نے صبا کو دیکھا —— اسکی پلکوں پہ
آنسوؤں کے قطرے ہیں —— اور چہرے پہ عرفانی سا غم ——
اور مجھے زندگی میں پہلی بار محسوس ہوا جیسے میرے گلے میں
کسی نے پھانسی کا پھندا ڈال دیا ہو —— میرا دم گھٹ رہا ہو
میرا جی چاہا اس پھندے سے خود کو آزاد کر لوں ——
مگر کمپوز کا انجکشن میرے بازو میں اتار دیا گیا!!! ——

" ہر اک چہرے کے پیچھے سینکڑوں کردار ملتے ہیں
کسی بھی آدمی کا ایک سا چہرہ نہیں مِلتا "

میں جاں بلب ہوں ترکِ تعلق کے زہر سے
وہ مطمئن کہ حرف تو اس پر نہ آئے گا